Christine Nöstlinger

Der Hund kommt!

Roman für Kinder

Mit farbigen Bildern
von Jutta Bauer

BELTZ
& Gelberg

Christine Nöstlinger, geboren 1936, lebt in Wien. Sie veröffentlichte Gedichte, Romane, Filme und zahlreiche Kinder- und Jugendbücher. Im Programm Beltz & Gelberg erschienen unter anderem die Kinderbücher *Wir pfeifen auf den Gurkenkönig* (DeutscherJugendbuchpreis), *Maikäfer flieg!* (Buxtehuder Bulle), *Zwei Wochen im Mai, Die Kinder aus dem Kinderkeller, Lollipop, Der Neue Pinocchio* (mit Bildern von Nikolaus Heidelbach), *Der TV-Karl*, das Jahrbuch *Ein und Alles* (mit Bildern von Jutta Bauer), das Lesebuch *Eine mächtige Liebe* und *Das große Nöstlinger Lesebuch* (Geschichten für Kinder mit vielen Bildern) sowie viele ihrer Romane für Jugendliche wie *Stundenplan, Pfui Spinne!* und *Bonsai*. Für ihr Gesamtwerk wurde sie mit der renommierten Hans-Christian-Andersen-Medaille ausgezeichnet.

Jutta Bauer, geboren 1955, lebt in Hamburg. Sie studierte an der Fachhochschule für Gestaltung. Sie illustrierte viele Bücher (zum Beispiel die von Christine Nöstlinger), Bilderbücher (wie die Juli-Bilderbücher von Kisten Boie). Im Programm Beltz & Gelberg erschienen zuletzt ihre Bilderbücher *Die Königin der Farben* und *Die Schreimutter*, die beide für den Deutschen Jugendliteraturpreis nominiert wurden.

www.beltz.de

Programm Beltz & Gelberg, Weinheim

Einbandgestaltung Max Bartholl
Einbandbild von Jutta Bauer
Gesetzt nach der neuen Rechtschreibung
Gesamtherstellung
Druckhaus Beltz, 69494 Hemsbach
Printed in Germany
ISBN 3 407 79833 4
1 2 3 4 5   05 04 03 02 01

Inhalt

1. Kapitel

Der Hund und das Schwarzer-Peter-Schwein

Als die Kinder vom Hund erwachsen waren und die Frau vom Hund gestorben war, ging der Hund von zu Hause fort. Für immer und ewig ging er fort. Er verkaufte das Haus und den Apfelbaumgarten. Die Briefmarkensammlung und den Fernsehapparat, die Bücher, und das Ölgemälde von der Oma verkaufte er auch. Mit einem roten Koffer in der rechten Vorderpfote und einer blauen Reisetasche in der linken Vorderpfote ging er fort. Den schwarzen Borsalino* hatte er aufgesetzt und den gestreiften Schal hatte er um den Hals gewickelt – dreimal rundherum, damit die Enden nicht am Boden nachschleiften. Um den Bauch hatte sich der Hund die grüne Wanderniere gebunden.

In die weite Welt hinaus wollte der Hund. »Ich habe schon so lange gelebt und noch nicht viel erlebt«, hatte sich der Hund gesagt. Und viel-

* *Borsalino* – das ist ein besonders eleganter Hut. Fremde Wörter, die nicht jeder gleich versteht, werden hinten im Buch erklärt.

leicht, hatte er sich dabei gedacht, vielleicht wartet man auf mich in der weiten Welt, vielleicht braucht man mich.
Der Hund konnte ja auch allerhand! Er war geprüfter Tischlermeister und pfiff neun Lieder perfekt. Er war begabt fürs Rosenveredeln und fürs Kakteengroßziehen, hatte ein Diplom im Rettungsschwimmen und ein Diplom für Brandbekämpfung. Er kochte Eiernockerln, Gulasch und Vanillepudding tadellos, und im Stricken mit vier verschiedenen Wollfäden war er ganz große Klasse. Von Schifffahrt, Landwirtschaft und Sternenkunde verstand er auch ein wenig. Der Hund war also durch und durch gut zu brauchen. Und kräftig und schnell zu Fuß war er auch. Und hellhörig und weitsichtig und von äußerst feinem Geruchssinn.

Die Sonne ging gerade am Horizont auf und färbte den Himmel himbeerrot, als der Hund das Haus verließ. Den Haustorschlüssel legte er unter die Türmatte. Das hatte er mit dem Esel, dem er das Haus verkauft hatte, so ausgemacht.
Bis gegen Mittag wanderte der Hund querfeldein drauflos. Dann schlugen von irgendwoher Kirchturmglocken zwölfmal.
»Zeit zum Mittagessen, meine ich!«
Der Hund redete gern mit sich selbst. Das hatte

er sich nicht erst angewöhnt, seit die Kinder aus dem Haus waren und seine Frau tot war. Schon als Kind hatte er gern mit sich selbst geredet. Die anderen hatten ihn deswegen oft ausgelacht. Aber so dumm, dass er wegen ein bisschen Auslachen auf eine liebe Angewohnheit verzichtet hätte, war er nie gewesen!

Für die Mittagsrast suchte sich der Hund einen schattigen Platz unter einem großen Kastanienbaum aus. Er setzte sich auf die blaue Reisetasche. Die zwei Kissen und die Steppdecke waren in der Reisetasche. Da saß er sehr weich drauf. Den roten Koffer legte er vor sich auf den Boden. Aus der grünen Wanderniere holte er ein Geschirrtuch und breitete es über den Koffer. Beinahe einen richtigen Tisch hatte er nun! Dann holte er aus der Wanderniere noch ein Messer und eine Gabel, einen Teller und eine Papierserviette, eine Flasche Bier und fünf Zipfel Wurst, ein Paket Milch und einen Becher Schokopudding, ein Glas Sauerkraut und ein Stück Zwetschgenkuchen, zwei Ölsardinen und eine Tube Senf, ein Eckerl Butter und drei Scheibchen Käse.

Sonst aß der Hund nie so ein kunterbuntes Mittagessen! Das waren bloß die Sachen aus seinem Eisschrank. Den hatte er ausgeräumt, bevor er weggegangen war, denn der Esel hatte sich ge-

weigert, den Eisschrankinhalt gegen Aufzahlung von 23 Schilling fünfzig zu nehmen.
»Lieber Hund, was soll ich mit dem Zeug?«, hatte er gewiehert. »Das kann ich mir in die Haare schmieren! Ich fress nur Gras und Heu! Mein Bester, für mich ist das keinen Groschen wert!«
Das war gelogen! Ganz gierig hatte der Esel auf die Bierflasche und den Schokopudding und den Zwetschgenkuchen gelinst. Nur die 23 Schilling fünfzig hatte er sich ersparen wollen. Und da hatte sich der Hund gedacht: Zu den Geizigen soll man geizig sein! Damit sie merken, dass sie mit ihrer Lebensart nicht weiterkommen, und sich ändern!
»Dann eben nicht, bester Esel!«, hatte er zum Esel gesagt.
Der Esel hatte ihm zum Abschied auf den Rücken geklopft und gemeint: »Na ja, so wünsche ich Glück fürs weitere Leben! Und falls Sie vor Ihrer Abreise nicht alles aufessen, können Sie es ruhig im Eisschrank lassen. Ich nehme Ihnen die Mühe, das Zeug in den Abfallkübel zu werfen, gern ab!«
»Das tät dir so passen«, hatte der Hund hinter ihm hergemurmelt. »Keine Käserinde lass ich da, kein Brotkrümelchen, kein Wursthauterl!«
Und der Hund hatte seinen Schwur gehalten.

Ratzekahl hatte er den Eisschrank geräumt. Sogar die Eiswürfel hatte er aus dem Tiefkühlfach genommen und zu Wasser tauen lassen.
Der Hund aß sein kunterbuntes Menü, dann rülpste er, wickelte die Abfälle ins Geschirrtuch und stopfte sie in die Wanderniere. Dann sagte

er zu sich: »Zeit für den Mittagsschlaf, meine ich!«

Er legte sich zum Stamm vom Kastanienbaum, machte die Augen zu, klappte die Flatterohren über die geschlossenen Augen und versuchte einzuschlafen. Doch da war eine umheimlich lästige Fliege! Die setzte sich auf seine Schnauze. Der Hund zuckte mit den Flatterohren, die Fliege flog hoch und setzte sich auf den Bauch und krabbelte dort herum. Und der Hund war am Bauch besonders kitzlig. Der Hund wedelte mit dem Schwanz. Die Fliege flog vom Bauch weg und setzte sich auf die Schnauze. Der Hund zuckte mit den Ohren. Die Fliege setzte sich wieder auf den Bauch. Dem Hund ging das unheimlich auf die Nerven! Und richtig schläfrig war er ohnehin nicht.

»Ein Mittagsschlaf ist eigentlich eine saudumme Sache«, murmelte er und sprang auf. »Seit Jahren halte ich einen Mittagsschlaf, obwohl ich zu Mittag überhaupt nicht müde bin! Das wird abgeschafft! Alle saudummen Sachen werden abgeschafft!«

Der Hund band sich die Wanderniere um, nahm den Koffer in die rechte Vorderpfote und die Reisetasche in die linke und wanderte weiter, querfeldein drauflos.

Als die Sonne schon recht tief am Himmel

stand, kam er zu einem Wirtshaus. Ganz einsam, mitten auf einer Wiese, stand das Wirtshaus. Es hatte ein rotes Ziegeldach und weiße Mauern und grüne Fensterläden. Über der Eingangstür hing ein Schild. *Zum wilden Heinrich* stand darauf.

Auf die Eingangstür war eine Speisekarte genagelt. Der Hund besah sich die Speisekarte genau.

»Vernünftige Speisen, vernünftige Preise«, murmelte er und öffnete die Tür. Hinter der Tür war eine große Stube mit Tischen und einem Ausschank.

An einem Tisch saßen zwei Hennen und ein Hahn, an einem saß ein junger Hund, an einem eine Katze. Am Ausschank lehnte ein Mensch, einer mit Glatze und buschigem Schnurrbart. Der sagte und verneigte sich dabei: »Schönen guten Nachmittag, der Hund!«

»Schönen guten Nachmittag, wilder Heinrich«, sagte der Hund und verneigte sich auch. Dann setzte er sich zu einem freien Tisch bei einem Fenster.

»Wollen der Hund speisen?«

»Dreimal Wurzelfleisch ohne Kren und ein großes Helles!«, bestellte der Hund.

»Dreimal Wurzelfleisch ohne Kren auf einem Teller!«, rief der Mensch mit Glatze und Schnurr-

bart zur Küchentür hin, dann nahm er ein Bierkrügel und zapfte das große Helle ab. »Wohl bekomm's«, sagte er und stellte das Bierkrügel auf den Tisch.
Der Hund hob das Krügel und trank es in einem Zug leer. Vom langen Wandern war er durstig geworden.
»Wenn ich noch um eins bitten darf, wilder Heinrich«, sagte er dann und rülpste dreimal.
»Der wilde Heinrich war mein Vater«, sagte der Wirt. »Ich bin der sanfte Heinrich! Ich bin nur noch nicht dazu gekommen, das Schild umzumalen!«
Der sanfte Heinrich lief mit dem leeren Bierkrügel zum Ausschank. Aus der Küche kam eine kleine Frau mit einem riesigen Teller voll Fleisch und gelben und weißen und roten Rübenraspeln drauf. Sie schaute sich um, ging auf den Hund zu und meinte: »Wird wohl Ihnen gehören?«
Der Hund nickte, nahm ihr den Teller ab und fing zu mampfen an.
»Sind der Hund auf Durchreise?«, fragte die Frau.
»In die weite Welt geht's«, sprach der Hund mit vollen Backen. »Ich will sehen, ob mich wer brauchen kann!«
Die Frau holte eine Brille aus der Schürzentasche, setzte sie auf und schaute den Hund genau

an, von den Flatterohrspitzen bis zu den Hinterpfotenklauen musterte sie ihn, dann rief sie: »Sanfter Heinrich, schau dir den Hund einmal an! Den könnten wir doch brauchen, oder?«
Der sanfte Heinrich kam mit dem Bierkrügel, stellte es auf den Tisch, murmelte: »Prost, der Hund«, holte auch eine Brille aus der Schürzentasche, setzte sie auf und schaute den Hund genau an. Von den Flatterohrspitzen bis zu den Hinterpfotenklauen musterte er ihn, dann sagte er: »Jawohl, den Hund könnten wir gut brauchen!«
»Tut mir Leid!« Der Hund trank das zweite Krügel leer. »Aber ich will in die weite Welt. Und ich bin erst ein paar Stunden gewandert. Die weite Welt ist weiter weg.«
»Die Welt ist kugelrund, werter Hund«, sagte der sanfte Heinrich. »Überall ist weite Welt!«
»Dort, wo Sie herkommen, werter Hund, ist auch weite Welt«, sagte die Frau. »Das ist eine Standpunktsache!«
Die zwei haben eigentlich Recht, dachte der Hund. Von guten Argumenten ließ er sich immer überzeugen.
Er wischte sich Bierschaum von der Schnauze und fragte: »Und wofür könnten Sie mich brauchen?«
»Als Rausschmeißer, werter Hund«, sagte der

sanfte Heinrich. »Ich brauche einen, der die Gäste aus dem Lokal wirft!«
»Sein Vater, der wilde Heinrich, hat das selbst erledigt«, sagte die Frau. »Der war ein Mordskerl! Aber mein Mann ist zu schwach. Bierzapfen und Servieren und Gäste rauswerfen, das ist zu viel für ihn, das schafft er einfach nicht!«
Der Hund schaute sich in der Wirtsstube um. Die zwei Hennen und den Hahn, den jungen Hund und die Katze schaute er an.
Er fand sie alle ziemlich nett. Und er hatte keine Lust, einen von ihnen zu packen, aus der Wirtsstube zu tragen und vor die Tür zu setzen.
»Ich glaube, das ist kein Job für mich«, sagte er.
»Es geht nicht um solche Gäste, wie sie jetzt hier sind«, sagte die Frau. »Die sind schon in Ordnung! Aber am Abend, da kommt allerhand Gelichter! Schläger und Spieler und Bolde aller Sorten!«
»Wenn das so weitergeht, bekommt mein Lokal einen schlechten Ruf«, sagte der sanfte Heinrich. »Und dann kommen die anständigen Leute nicht mehr. Und dann sind wir bald eine Spelunke!«
Der Hund schleckte seinen Teller leer und überlegte: Nun ja, eigentlich hätte ich mir was anderes vorgestellt! Bolde rauswerfen ist neu für mich. Und Gelichter habe ich mein Lebtag lang

überhaupt noch nicht gesehen. Ich kann also etwas erleben!
Der Hund schob der Frau den saubergeschleckten Teller hin und sagte: »O.K! Ich nehme den Job an!«
Der sanfte Heinrich und seine Frau freuten sich mächtig. Bezahlen musste der Hund fürs Wurzelfleisch und fürs Bier nichts, denn Kost und Quartier, sagte der sanfte Heinrich, habe er nun frei. Und die Bezahlung, sagte die Frau, erfolge nach Leistung. »Pro rausgeworfenem Bold, pro entferntem Gelichter je siebzig Schilling, wenn Sie damit einverstanden sind«, sagte die Frau.
Der Hund nickte. Hinter Geld war er ja sowieso nicht her.
Arbeitsbeginn war für den Hund jeden Tag bei Sonnenuntergang. Arbeitsschluss war jeden Tag um Mitternacht. Zu tun hatte er nicht viel. Er saß an einem Tisch, trank Bier oder mampfte Salzstangen, las Zeitung oder döste vor sich hin, machte sich Gedanken oder pfiff leise, und wenn der sanfte Heinrich zu ihm kam und »Tisch drei« oder »Tisch sieben« oder »Tisch eins« murmelte, dann erhob sich der Hund, um bei Tisch eins oder Tisch drei oder Tisch sieben Ordnung zu schaffen. Zum richtigen »Rausschmeißen« kam er fast gar nicht, denn alles, was an Bolden und Gelichter in der Wirtsstube herumhockte, war

höchstens halb so groß und halb so breit wie der Hund und verdrückte sich schleunigst zur Tür hinaus, wenn der Hund bloß auf den Tisch zutrottete.
Erst am fünften Arbeitstag hatte der Hund einen echten »Rausschmiss«. Da kam ein junger, bunter Hund in die Wirtschaft. Obwohl in der Stube noch viele freie Tische waren, setzte er sich zu einer alten Katze an den Tisch. Die Katze aß Ölsardinen in Thunfischsoße. Der junge, bunte Hund grapschte sich eine Ölsardine von ihrem Teller. Die Katze fauchte ihn böse an, aber der junge, bunte Hund scherte sich nicht darum und grapschte sich noch eine Ölsardine vom Teller der Katze. Die Katze kreischte: »Wirt, Wirt, man schaffe mir den Hundsflegel aus meinem Teller!«
»Tisch fünf, der bunte Hund bei der Katze!«, flüsterte der sanfte Heinrich dem Hund zu.
Der Hund stand auf und ging zu Tisch fünf. Der junge, bunte Hund grapschte sich die letzten zwei Ölsardinen vom Teller der Katze, steckte sie ins Maul und schaute dem Hund entgegen, als habe er gar keine Angst. Ganz frech schaute er und rief: »Na, Alter! Passt dir vielleicht was nicht?«
Mit einem einzigen schnellen Schwanzschlag hätte der Hund den jungen, bunten Hund vom

Stuhl fegen können. Mit einer Pfote, ohne dabei ins Schnaufen zu kommen, hätte der Hund den jungen, bunten Hund k.o. schlagen können. Aber der junge, bunte Hund erinnerte den Hund an seinen jüngsten Sohn! Die gleiche freche rosa Schnauze hatte er! Und die gleichen scheckigen Spitzohren! Und den gleichen lockigen Ringelschwanz!

Der Hund dachte: Ja, ja! Grad so könnte mein Jüngster da sitzen! Frech und ohne Manieren! Nix wie stänkern und angeben und Scheiß bauen! Aber tief drinnen in seiner Hundeseele ist er doch ein herzensguter Hundskerl! Darum sagte der Hund freundlich zum jungen, bunten Hund: »Junge, mach keinen Stunk, es lohnt nicht!«

Der junge, bunte Hund blinzelte zum Hund hoch. Seine rosa Schnauze zuckte ein bisschen, seine scheckigen Spitzohren zitterten enorm, und der lockige Ringelschwanz spielte Klapperschlange.

Genau wie mein Jüngster, dachte der Hund. Scheißangst haben, aber frech tun!

Der junge, bunte Hund zündete sich eine Zigarette an und blies dem Hund drei Rauchkringel auf die Schnauze.

Der Hund nahm ihm die Zigarette aus dem Maul und drückte sie im Aschenbecher ab.

Dann packte er den jungen, bunten Hund ganz sacht im Genick, trug ihn vor die Tür und setzte ihn in die Wiese. »Lauf heim, Junge«, sagte er freundlich. »Du gehörst ja längst in die Heia, deine Mami macht sich Sorgen um dich!«
»Alter Trottel!«, japste der junge Hund und wieselte davon.
Der Hund ging in die Wirtsstube zurück.
»Bravo, Hund«, riefen ein paar Gäste.
»Echt Profiarbeit«, lobte ihn der sanfte Heinrich.
Aber der Hund war ziemlich traurig. Weil ihn der junge, bunte Hund so sehr an seinen jüngsten Sohn erinnert hatte, kam es ihm nun ganz so vor, als habe sein eigener Sohn zu ihm »alter Trottel« gesagt.
Nach Mitternacht, als die letzten Gäste gegangen waren und der sanfte Heinrich und seine Frau die Wirtsstube auskehrten und frische Tischtücher auflegten, nahm der Hund einen Bogen Papier und schrieb einen Brief. Er schrieb:

Lieber jüngster Sohn!
Hoffentlich geht es Dir gut! Hoffentlich sind alle sehr freundlich zu Dir!
Ich denke oft an Dich und habe Dich sehr, sehr lieb. Dein Vater

Der Hund steckte den Brief in ein Kuvert, schrieb die Adresse vom jüngsten Sohn darauf, klebte eine Briefmarke in die rechte obere Ecke und steckte den Brief in den Briefkasten neben der Haustür. Dann war ihm ein bisschen weniger traurig zumute.

In der ganzen Gegend hatte sich bald herumgesprochen, dass beim »Wilden Heinrich« ein »Rausschmeißer« angestellt sei, ein ganz großer, ganz breiter, ganz kräftiger. Darum mied das Gelichter das Wirtshaus, und die Bolde kamen auch kaum mehr; und wenn sie kamen, dann benahmen sie sich so, als ob sie gar keine wären.

Nur hin und wieder verirrte sich ein harmloser Stänkerer in das Wirtshaus. Oder jemand trank ein Glas Bier zu viel und schlug dann ein wenig Krach. Einmal kam auch einer, ein roter Hahn, der fraß für drei und trank für vier und hatte dann kein Geld bei sich. Aber bei dem nützte auch das »Rausschmeißen« nichts.

Der Hund dachte daran, seinen Job aufzukündigen. »Man braucht mich ja hier nicht wirklich«, sagte er zu sich. »Und einfach so dahocken, als Drohung und Abschreckung, das ist ja auch keine Lebensaufgabe!«

Geld hatte der Hund übrigens erst sehr wenig verdient, denn der sanfte Heinrich bezahlte nur die »echten Rausschmisse«. Wenn sich der Hund

bloß drohend erhob und ein bisschen knurrte, um einen Stänkerer zu vertreiben oder einen lauten Süffel zum Schweigen zu bringen, dafür zahlte der sanfte Heinrich keinen Groschen. »Das ist doch keine Arbeit«, erklärte er dem Hund.
Den Hund ärgerte das, nicht wegen dem Geld, aber geizige Leute konnte er nun einmal nicht ausstehen.
Am Ende der dritten Arbeitswoche, an einem verregneten Samstag, waren am Abend nur wenige Gäste im Lokal. Ein alter Esel und ein Hahn tranken an der Theke ihr Bier, ein Katzenpaar saß im schummrigen Winkel und schleckte Schokoeis, und beim Stammtisch lümmelten drei Hunde, ein Pfau und ein Kalb und besprachen die Weltlage.
Der Hund hockte an seinem Platz und gähnte vor sich hin.
Da kam ein Schwein zur Tür herein. Ein mittelgroßes, rosiges, nicht sehr altes, nicht sehr junges Hausschwein. Anscheinend war es auf einem Moped gekommen, denn es hatte einen Helm unter dem Arm und einen Nierenschutz um den Bauch. Eine Umhängetasche hatte es auch.
Das Schwein ging zum Kleiderständer, hängte den Helm an einen Haken, schüttelte Wassertropfen aus dem Schweinsleder und fummelte am Nierenschutz herum.

Der sanfte Heinrich wieselte rasch zum Hund. »Schnell«, flüsterte er. »Werfen Sie das Schwein hinaus!«
»Was haben Sie gegen das Schwein?«, fragte der Hund. »Es ist nicht betrunken, es stänkert nicht, es schaut nicht nach Gelichter und Bold aus!«
»Das Schwein spielt«, flüsterte der sanfte Heinrich.
»Na und?« Der Hund schaute kugelrund. »Spielen wird man doch dürfen!«
»O Gotterl eins«, seufzte der sanfte Heinrich. »Sie kapieren aber auch gar nichts! Das Schwein spielt Karten und knöpft dabei den Leuten das Geld ab! Das ist sein Beruf!«
Das Schwein hatte sich inzwischen an einen Tisch gesetzt.
Es rief: »Herr Wirt, bitte einen Kamillentee mit Honig und Zitrone!«
»Mein Lokal ist keine Spielhölle«, flüsterte der sanfte Heinrich. »Los! Raus mit der Sau!«
Der Hund ging zum Schwein. Das Schwein lächelte ihm freundlich zu. Der Hund fand, man könne ein freundlich lächelndes, nasses Schwein nicht so einfach aus dem Trockenen jagen. Er dachte: Vielleicht verwechselt der Chef das Schwein! Schließlich habe ich doch auch ein wenig Beobachtungsgabe, und mir kommt das Schwein sehr nett vor!

»Sind das Schwein beruflich unterwegs?«, fragte der Hund.
Das Schwein nickte. »Ich bin Vertreter für Knöpfe«, sagte das Schwein.
Es klappte die Umhängetasche auf und holte etliche Kartons heraus. Zwirnknöpfe, Hornknöpfe, Lederknöpfe, Metallknöpfe und Plastikknöpfe waren auf die Kartons genäht.
»Meine Musterkollektion«, sagte das Schwein. »Wenn Sie Interesse haben an Knöpfen, kann ich Ihnen die Preise und die Lieferzeiten nennen!«
»Sehr nett von Ihnen«, sagte der Hund. »Aber im Moment habe ich alle Knöpfe, die ich brauche!«
Der Hund lief zum Ausschank zurück. »Irrtum, Chef«, flüsterte er dem sanften Heinrich zu. »Der Beruf vom Schwein ist nicht Spieler! Es ist Knopfvertreter!«
»Das ist doch nur Tarnung«, flüsterte der sanfte Heinrich zurück. »Harmlos tut es, freundet sich an und nimmt dann die Leut aus!«
Nein-nein-und-noch-neunmal-nein, dachte der Hund. Das Schwein hat einen sanften Blick und eine nette Stimme!
Das Schwein ist nicht bös!
Das Schwein ist nicht niederträchtig!
Der Hund holte einen Teebeutel aus der Lade,

tat ihn in eine Teetasse und ließ aus der Espressomaschine siedendes Wasser in die Tasse laufen.
»He, Hund«, sagte der sanfte Heinrich. »Was tun Sie da! Der Wirt bin ich! Sie sind der Rausschmeißer!«
Der Hund nahm eine Zitrone und schnitt sie zu Achteln. Die Zitronenachtel legte er auf ein Tellerchen, und eine Portionspackung Bienenhonig legte er auch dazu.
»Wenn der Wirt seine Gäste nicht bedient«, fauchte er den sanften Heinrich an, »dann muss ich es wohl machen!«
Der Hund brachte dem Schwein den Tee. »Haben sonst noch Wünsche?«, fragte er ganz so, wie er es immer vom sanften Heinrich gehört hatte. Nur ein bisschen freundlicher noch.
»Ein wenig Gesellschaft könnte ich brauchen«, sagte das Schwein.
Der Hund setzte sich zum Schwein. Er dachte: Wozu lang herumreden! Ich fordere es einfach zum Kartenspielen auf! Dann werden wir ja merken, ob der sanfte Heinrich Recht hat oder ob ich Recht habe!
»Wie wär's mit einem Spielehen?«, fragte der Hund.
»Wenn Sie mögen, gern«, sagte das Schwein.
»Schwarzer Peter vielleicht?«, fragte der Hund.
»Wenn Sie mögen, gern«, sagte das Schwein. Es

holte eine Schachtel Schwarzer-Peter-Karten aus der Umhängetasche.
»Und um was spielen wir?«, fragte der Hund.
»Um Geld spielen, das ist verboten«, sagte das Schwein. »Spielen wir um Knöpfe!« Er nahm die Musterkollektionsknöpfe aus der Umhängetasche. Fünf Knopfkartons gab er dem Hund, fünf behielt er für sich.
Der Hund dachte: Na, bitte! Nicht einmal um Geld will es spielen! Da sieht man's wieder, wie ein so harmloses, nettes Schwein verleumdet wird!
»Pro Spiel setzt jeder zwei Knöpfe ein«, schlug das Schwein vor. »Wer gewinnt, dem gehören die vier Knöpfe!«
Der Hund war einverstanden.
Die ersten vier Knöpfe gewann der Hund. Die nächsten vier Knöpfe gewann auch der Hund. Die dritten vier Knöpfe gewann wieder der Hund. Das Schwein verlor jedes Spiel! Nach kaum einer halben Stunde hatte der Hund alle Knöpfe auf seiner Seite. Kein einziger Knopf war dem Schwein geblieben!
Der Hund wollte ihm den halben Knopfhaufen zurückgeben, doch das Schwein wehrte ab. »Kommt nicht in Frage! Ich bin ein Ehrenschwein! Gewonnen ist gewonnen!«
»Dann können wir aber nimmer weiterspielen!«

Der Hund war ein bisschen traurig. Das Spielen und das Gewinnen machte ihm Spaß.
»Aber nein, irgendetwas kleines Rundes, das so ähnlich aussieht wie Knöpfe, werden wir schon finden, oder?«
Das Schwein tat, als denke es nach. Doch der Hund kam zuerst drauf! »Münzen«, rief er. »Nehmen wir Münzen! Die sind fast wie Knöpfe, nur dass sie keine Löcher zum Annähen haben, aber die brauchen wir ja nicht!«
Er holte zwanzig Schillingmünzen aus seinem Geldbeutel.
»Ich habe leider kein Kleingeld«, sagte das Schwein.
»Sie haben Ihre Knöpfe mit mir geteilt«, sagte der Hund. »Da werde ich wohl meine Münzen mit Ihnen teilen dürfen!« Er schob dem Schwein zehn Schillingmünzen hin.
Sie spielten wieder schwarzer Peter, aber jetzt gewann das Schwein. Als alle Münzen beim Schwein waren, holte der Hund noch acht Münzen aus seinem Geldbeutel. Mehr hatte er nicht! Nach vier Spielen waren auch die beim Schwein!
»Ich könnte Ihnen ja jetzt wechseln, wenn Sie nur noch Geldscheine haben«, schlug das Schwein vor.
Der Hund holte sich einen 10-Schilling-Schein aus seinem Sparschwein und gab ihn dem

Schwein und bekam dafür zehn Schillingmünzen. Dann spielte er noch fünf Spiele schwarzer Peter und hatte wieder alles Geld und auch alle Lust aufs Weiterspielen verloren. »Hören wir auf«, sagte er. »Ich hab kein Glück mehr!«
»Was heißt da Glück?« Der sanfte Heinrich wieselte auf das Schwein zu und riss ihm die Spielkarten aus der Pfote. Er blätterte alle Karten auf den Tisch – so, dass sie mit der Hinterseite nach oben lagen. Rot-blau kariert war die Hinterseite.
Als die Karten alle auf dem Tisch lagen, nahm der sanfte Heinrich die Brille aus der Schürzentasche, setzte sie auf und starrte auf die Karten. Ziemlich lang starrte er, dann rief er: »Ha! Da ist der schwarze Peter!« Er griff nach einer Karte, die hatte in jeder Ecke, in einem roten Karo, einen kleinen blauen Punkt.
Der sanfte Heinrich drehte die Karte um: Es war wirklich die Schwarzer-Peter-Karte.
Das Schwein sprang auf, rannte zum Garderobenständer, riss Helm und Nierenschutz herunter und war auch schon draußen bei der Tür. Das Geld, das es dem Hund abgewonnen hatte, lag noch auf dem Tisch.
»Na, machen Sie schon«, rief der sanfte Heinrich dem Hund zu. »Dalli, dalli, nix wie dem Schwein nach! Das übergeben wir der Polizei!«

Der Hund sammelte sein Geld ein. »Ich hab ja keinen Schaden«, brummte er.
»Na und!« Der sanfte Heinrich bekam ganz wilde Augen. »Das Schwein ist ein Falschspieler, und auf Falschspielen steht Gefängnis bis zu drei Jahren! Wenn das Schwein endlich im Arrest schmachtet, ist das mein schönster Tag!«
Und die Gäste riefen: »Genau! Ins Loch mit der Sau!«
Und der Esel, der am Ausschank lehnte und sein sechstes Bier süffelte, brüllte: »Was heißt drei Jahre Gefängnis? Lebenslänglich gehört so einer Sau!«
Und der Hahn, der neben dem Esel hockte, krähte: »Wieso lebenslänglich? Wenn Sie mich fragen, gehört das Schwein notgeschlachtet, jawohl!«
Und die anderen Gäste trommelten auf die Tische. Das hieß so viel wie: Recht hat er, der Hahn!
Der Hund erhob sich und sprach: »Irgendwie, Herrschaften, seid ihr zum Kotzen! Ich mag euch nicht!«
Er holte seinen Koffer und seine Reisetasche, setzte den Borsalino auf, wickelte den Schal dreimal um den Hals, band sich die Wanderniere um den Bauch, sagte zum sanften Heinrich: »Hiermit kündige ich!«, und verließ das Wirtshaus.

Stockdunkle Nacht war draußen. Der Hund marschierte über die Wiese, der Straße zu und sagte dabei zu sich: »Dieses Wirtshaus war doch nicht die weite Welt! In der weiten Welt ist man großzügiger und nicht so affengeil auf Rache aus!«

Als der Hund Straßenasphalt unter den Pfoten fühlte, überlegte er, ob es zur weiten Welt nach rechts oder nach links gehe. Er entschied sich dafür, nach links zu gehen, weil er da Rückenwind hatte. Wenn er irgendetwas im Leben nicht ausstehen konnte, dann war es frischer Wind um die Schnauze!

Er trottete nach links und pfiff seine neun Lieder. Ein wenig heiß war ihm, denn die Nacht war lind und lau, und der Schal war aus Angorahasen-Wolle gestrickt. Aber der Hund trug den Schal bei jedem Wetter. Weil ihn seine Frau gestrickt hatte und weil sie vier Jahre dazu gebraucht hatte. Sie war keine flinke Strickerin gewesen.

»Wenn ich den Schal nur bei Bärenkälte nehme«, hatte sich der Hund gesagt, »dann ehre ich die Arbeit meiner Frau zu wenig!«

Es dämmerte schon, da kam er durch ein Waldstück und sah am Straßenrand ein Moped stehen. Und im Straßengraben, hinter dem Moped, lag das Schwein und schnarchte.

Der Hund sprang in den Straßengraben und packte das Schwein am Ringelschwanz. »He, Schwein«, rief er.
Das Schwein fuhr hoch, blinzelte, gähnte, rieb sich die Augen, erkannte den Hund und fing an zu zittern. Es wollte aufspringen und weglaufen, aber das ging nicht, denn der Hund ließ den Ringelschwanz nicht los.
»Werter Hund«, quäkte das Schwein. »Ich bitte, mit mir Nachsicht haben zu wollen!«
»Warum tust du das eigentlich?«, fragte der Hund.
»Wegen dem Glück«, sagte das Schwein. »Schwein und Glück gehören zusammen, aber ich habe nie welches! Von Ferkel auf nie! Und wenn ich beim Kartenspielen gewinne, dann habe ich Glück! Darum!«
»Blödsinn«, sagte der Hund. »Dann müsstest du doch ehrlich spielen, wenn es dir ums Glück geht!«
»Wenn ich ehrlich spiele, gewinne ich aber nicht, dann verliere ich immer!« Das Schwein schluchzte. Dicke Tränen kullerten über seine Backen.
Der Hund reichte ihm ein Taschentuch und ließ den Ringelschwanz los.
Das Schwein schnäuzte sich und schluchzte: »Aber wenn man mir nicht draufkommt, dass

ich falsch spiele, dann kann man doch auch von Glück reden, oder?«

»Du bist ein armes Schwein«, murmelte der Hund. Und dann fiel ihm ein, dass seine Frau früher oft gesagt hatte: »Mit meinem Mann habe ich Glück!« Und seine Kinder hatten auch oft gesagt: »Was für ein Glück, dass wir so einen Vater haben!« Warum, dachte der Hund, soll es dann nicht auch ein Glück sein, mich zum Freund zu haben? Wenn das Schwein so sehr hinter dem Glück her ist, kann ich ihm ja den Gefallen tun!

»Schwein«, sagte der Hund. »Ab jetzt werde ich dein Freund sein, wenn du mich hast, hast du Glück! Dann brauchst du die Karten nicht mehr!«

»Ehrlich wahr?« Das Schwein schnäuzte sich noch einmal und wischte Tränen aus den Augenwinkeln.

»Ehrlich wahr«, sagte der Hund und hob die rechte Vorderpfote zum Schwur.

Da lächelte das Schwein und reichte dem Hund die rechte Vorderpfote. Der Hund schüttelte sie lang. Dann stiegen das Schwein und der Hund aufs Moped.

Der Hund durfte vorn sitzen und lenken. Er brauste los.

Das Schwein hielt sich an seinem Bauch fest und

brüllte nach vorne: »Ich bin ja so glücklich, dass du mich nicht zur Polizei bringst!«
Hab ich mir's doch richtig überlegt, dachte der Hund. Das Schweinsglück fängt schon an!

2. Kapitel

Der Hund geht zum Theater

Der Hund und das Schwein hatten es zusammen recht angenehm. Jeden Tag fuhren sie ein paar Stunden lang weiter in die weite Welt hinein. Jeden Abend saßen sie zusammen in einer anderen Wirtsstube, und jede Nacht schliefen sie zusammen in einem anderen Gasthaus-Doppelbett.
Der Hund hätte zwar nichts dagegen gehabt, im Freien zu übernachten, denn es war Sommer und die Nächte waren lau und lind, doch das Schwein hatte gesagt: »Im Freien schlafen ist widerlich! Spinnen und Ameisen belästigen dich! Und Tannennadeln oder dürre Zweige stichst du dir ins Leder! Und die helle Sonne weckt dich viel zu früh! Und bei dem Unglück, das ich immer habe, würde doch glatt ein Sommergewitter kommen, und der Blitz würde mich erschlagen, oder der Donner würde mich taub machen!«
So lud der Hund das Schwein eben jeden Abend auf ein Doppelbett ein. Der Hund tat noch mehr für das Glück vom Schwein! Wenn sie Nacht-

mahl aßen, schob er dem Schwein immer den Teller mit der größeren Portion zu, und im Bett bekam das Schwein immer das weichere Kissen. Und jeden Tag einmal ließ der Hund heimlich eine Münze fallen, und das Schwein entdeckte dann die Münze, hob sie auf und steckte sie ein und rief: »Hund, du bringst mir wirklich Glück! Bevor ich dich kennen gelernt habe, habe ich nie eine Münze gefunden!«
Von Tag zu Tag gewöhnte sich das Schwein mehr und mehr ans Glückhaben. Nach drei Wochen sagte es schon: »Ich bin ein echtes Glücksschwein!«
Der Hund freute sich darüber! Allerdings machte er sich auch ein bisschen Sorgen ums Geld. Er dachte: Wenn das so weitergeht, jeden Tag die Ausgaben fürs Essen und fürs Schlafen und das Geld für das Mopedbenzin und dazu noch das Geld, das das Schwein finden will, dann bin ich bald pleite! Immer nur Ausgaben und keine Einnahmen, das geht nicht! Also sagte der Hund eines Abends beim Nachtmahl zum Schwein: »Du, Schwein, wir müssen uns nach Arbeit umschauen!«
Das Schwein mampfte gerade an einer Karotte und verschluckte sich vor Schreck. Es hustete, es würgte, Tränen traten ihm in die Augen. Der Hund klopfte dem Schwein den Rücken. Das

Schwein beruhigte sich ein bisschen, es würgte und hustete nicht mehr, aber es sagte ganz traurig: »Also sind die glücklichen Zeiten für mich jetzt wieder vorbei!«
»Nein, nein«, rief der Hund, »Arbeit ist nur ein Unglück, wenn man sie nicht gern tut! Arbeit, die man gern tut, ist ein Glück!« Er tätschelte dem Schwein die Vorderpfoten. »Was würdest du denn gerne tun?«, fragte er.
»Ich?« Das Schwein blinzelte verschämt.
»Ja, du!«, sagte der Hund.
»Also ich ...« Das Schwein zierte sich. Es senkte den Schädel und schlug die Augen nieder.
»Na, Schwein, so sag es doch schon, genier dich doch nicht«, redete ihm der Hund zu.
Sehr leise sagte das Schwein: »Zum Theater würde ich gern gehen.«
»Als Kartenverkäufer, als Platzanweiser, als Kulissenschieber, als Vorhangaufzieher oder als Beleuchter?«, fragte der Hund.
»Als Schauspieler«, flüsterte das Schwein.
Da war der Hund erschrocken, denn das Schwein war ja nun wirklich keine Schönheit und eine Grunzstimme hatte es auch. Doch der Hund ließ sich seinen Schrecken nicht anmerken. Er sagte: »O.K., Schwein, dann versuchen wir halt unser Glück beim Theater! Aber wenn du zum Theater willst, dann musst du etwas vor-

sprechen können. Das heißt, du musst dem Theaterdirektor etwas aufsagen, damit er sich von deinem Talent überzeugen kann.« Er schaute das Schwein an. »Kannst du Gedichte aufsagen?«
Das Schwein schüttelte den Schädel. »Leider nicht«, sagte es. »Ich bin nämlich nicht gut im Auswendiglernen!«
Der Hund seufzte, aber nur ganz leise. »Wir werden üben«, sagte er.

Am nächsten Morgen kaufte der Hund in einer Buchhandlung drei Gedichtbände. Und nach dem Mittagessen, als sie in einem Wirtshausgarten saßen und Kaffee tranken, fing der Hund mit dem Schwein zu lernen an.
Das war eine echte Hundsarbeit!
Hundertmal sagte er dem Schwein vor: »Guter Mond, du gehst so stille durch die Abendwolken hin ...«
Das Schwein merkte sich bloß: »Guter Mond ...« Mehr ging in sein Schweinshirn nicht hinein. Einmal sagte es: »Guter Mond, du stehst so stille in der Abendwolke hier ...«
Einmal sagte es: »Guter Mond, die Abendwolken ziehn durch dich hin«, dann sagte es: »Guter Mond, deine Abendwolken stehen stille ...«
Es war zum Aus-der-Hundshaut-Fahren!

»Vielleicht solltest du besser Sänger werden«, schlug der Hund vor.
»Genau!«, rief das Schwein entzückt. »Dann kann ich tralala singen, wenn mir zufällig der Text entfallen ist!« Und dann sang das Schwein dem Hund vor. Es sang: »Komm, lieber Tralala, und mache die Tralala trala, und lass uns an dem Bache, die trala-la-la-la!«
Das Schwein sang so falsch, dass dem Hund die Flatterohren bebten und die Nasenlöcher feucht wurden.
»Möchtest du nicht vielleicht Tänzer werden?«, fragte der Hund.
Das Schwein überlegte. Ziemlich lange überlegte es, dann rief es: »Du, Hund, ich werde Musicalstar! Da kann ich singen und tanzen und spielen! Wie findest du das?«
Der Hund nickte und tat, als ob er das gut fände. Er wollte das Schwein nicht kränken. Kommt Zeit, kommt Rat, dachte er. Wer sich so wenig merkt wie das Schwein, vergisst vielleicht auch die Wahnsinnsidee, Musicalstar werden zu wollen.
So vergesslich war das Schwein aber nun wieder auch nicht. Drei Tage später kamen der Hund und das Schwein in eine kleine Stadt. Auf dem Hauptplatz stand ein großes Haus, das hatte rechts und links vom Eingangstor Säulen.

»Was ist denn das für ein Haus?«, fragte das Schwein.
»Keine Ahnung«, log der Hund. Er wollte dem Schwein nicht sagen, dass das Haus mit den Säulen das Stadttheater war.
»Ich werd es gleich herausgefunden haben«, sagte das Schwein. Es bremste, sprang vom Moped und lief auf einen Esel zu, der des Weges kam.
Es verbeugte sich vor dem Esel und fragte: »Pardon, der Herr, könnten Sie mir sagen, welches Haus das ist?« Es zeigte zum Säulenhaus.
»Das ist unser Stadttheater«, sagte der Esel und ging weiter.
Das Schwein klatschte in die Pfoten. »Ich bin ja durch und durch ein Glücksschwein«, rief es. »Kaum habe ich beschlossen, Musicalstar zu werden, kommen wir auch schon in eine Stadt, die ein Theater für mich hat!«
Das Schwein wollte sofort ins Theater hinein. Der Hund hielt es zurück. »Sachte, sachte, Freund«, sagte er. »Zuerst essen wir einmal in aller Ruhe ein Häppchen und überlegen, wie wir am besten vorgehen!«
»Wie sollen wir schon vorgehen«, rief das Schwein ungeduldig. »Ich gehe zum Direktor und singe ihm ein bisschen vor und tanze dazu! Und wenn er will, sage ich ihm auch noch das

Gedicht von der Sonne und den Morgenwolken auf!«
»Vom Mond und den Abendwolken«, sagte der Hund.
»Ist doch Jacke wie Hose«, rief das Schwein.
»Pass auf«, sagte der Hund. »Jetzt ist es Mittag. Das Theater ist noch zugesperrt. Die fangen erst am Nachmittag an. Die Theaterleute schlafen immer bis Mittag, weil sie ja am Abend arbeiten!«
Das sah das Schwein ein. Und da es ohnehin immer hungrig war, ließ es sich vom Hund zu einem Gulasch mit Nockerln einladen.
Der Hund hatte gar keine Freude an seinem Gulasch. Er zerbrach sich den Kopf, wie dem Schwein die Sache auszureden sei, ohne es zu kränken. Das Schwein durfte sich einfach nicht im Theater vorstellen! Alle würden es doch auslachen! Und ein Schwein mit einer zarten Seele hält das nicht gut aus!
Beim Tellerauslecken kam dem Hund ein Einfall. »Schwein«, sagte er, »jeder ordentliche Musicalstar hat einen Agenten!«
»Einen was?«, fragte das Schwein.
»Einen Agenten«, antwortete der Hund. »Der erledigt für ihn die Geschäfte! Macht die Gage aus und so! Und schaut, ob die Verträge in Ordnung sind.«

»Wo nehm ich bloß so jemanden her?«, fragte das Schwein.
»Ich bin dein Agent«, sagte der Hund.
Das Schwein nickte. »Gut«, rief es. »Du bist sicher ein ordentlicher Agent!«
»Und darum«, sagte der Hund, »gehe ich zuerst zum Theaterdirektor! Das ist vornehmer! Und es wirkt auch besser, wenn ich deine Talente anpreise!«
»Genau!«, rief das Schwein. »Eigenlob stinkt!«
»Eben«, brummte der Hund. Er hatte nicht die Absicht, wirklich zum Theaterdirektor zu gehen. Er dachte: Ich werde nur so tun! Ich werde das Schwein hier sitzen lassen und ein bisschen spazieren gehen, und dann werde ich zurückkommen und dem Schwein sagen, dass in dieser Saison leider kein Musical aufgeführt wird und dass für die nächste Saison schon alle Musicalrollen vergeben sind! So eine Absage, fand der Hund, sei leichter auszuhalten für das Schwein als ein Rausschmiss wegen Talentlosigkeit.
»Gut«, sagte das Schwein. »Jetzt ist es schon fast zwei Uhr! Zahl, und dann gehen wir!«
Der Hund wollte das Schwein überreden, im Gasthaus auf ihn zu warten, aber das gelang ihm nicht. Das Schwein begleitete ihn bis zum Theater. Vor dem großen Eingangstor sagte der Hund: »Also, dann tschüs, bis nachher!«

»Ich komme mit«, sagte das Schwein. »Bis zur Tür vom Direktor komme ich mit!«
Und schon hatte das Schwein das Tor aufgemacht, war ins Foyer hineingewieselt und hatte den Portier gefragt: »Wo geht es zum Herrn Direktor?«
»Die Treppe hinauf und dann rechts die zweite Tür«, sagte der Portier.
Das Schwein rannte im Schweinsgalopp die Treppe hoch, und dem Hund blieb nichts anderes übrig, als hinterherzurennen.
DIREKTION stand an der zweiten Tür rechts. Neben der Tür war ein Sessel.
»Mach's gut«, sagte das Schwein. »Ich halt die Klauen!« Es setzte sich auf den Sessel. Der Hund war ratlos. Er starrte die Tür an und dachte: Was tu ich denn jetzt?
Da kam eine junge, blonde Frau den Gang entlang. Sie sah den Hund, stürmte auf ihn zu, rief: »Ach, wie herrlich«, riss die Tür zur Direktion auf, rief zur Tür hinein: »Direktor, ein Hund ist gekommen!«, und schubste den Hund in die Direktion.
An den Wänden hingen viele Fotos von Schauspielern. Der Herr Direktor saß hinter einem riesigen Schreibtisch. Er hatte rote Locken und einen roten Backenbart und abstehende Ohren und einen dicken Bauch. »Nehmen Sie Platz,

mein Bester«, sagte er. »Zigarre, Kaffee oder Schnaps genehm?«
»Danke nein, bitte«, sagte der Hund. Er nahm den Borsalino ab und setzte sich auf einen Sessel vor dem Schreibtisch.
»Sie sind wirklich die Rettung in allerletzter Minute«, sagte der Direktor. Er nahm eine Mappe vom Tisch. »Hoffentlich schaffen Sie den Text bis morgen. Es ist eine Hauptrolle!« Er drückte dem Hund die Mappe in die Pfoten. Der Hund wurde immer ratloser, doch dem Direktor fiel das nicht auf. »Jetzt ist mir ein Stein vom Herzen gefallen«, sagte er. »Jetzt hab ich mir ein Schnäpschen verdient!« Er stand auf, ging zu einem Schrank und holte eine Schnapsflasche heraus und zwei Gläser und füllte die Gläser und trank eines leer. Das zweite Glas gab er dem Hund. Der Hund konnte Schnaps nicht leiden, weil er aber so ratlos war, trank er den Schnaps aus. Der Direktor füllte sich sein Glas noch einmal und trank es wieder leer. »Wissen Sie«, sagte er, »das kommt alles davon, weil niemand auf mich hört! Immer habe ich unserem Hund gepredigt, dass ein Schauspieler nicht bergsteigen darf. Dass das zu gefährlich ist! Aber man redet ja in den Wind! Und jetzt liegt der Hund mit zwei vergipsten Hinterpfoten und einem Verband über den Ohren im Krankenhaus!« Der

Direktor nahm sich einen dritten Schnaps. »Seit zehn Tagen suchen wir einen Ersatzhund! Kein Agent konnte uns einen verschaffen! Nichts als kleine Rattler und Pinscher und Dackel hat man mir geschickt. Alles gute Schauspieler, aber für diese Rolle total ungeeignet!« Der Direktor hob die Arme und streckte sie zur Zimmerdecke. »Dem Himmel sei Dank, dass er Sie geschickt hat!«

Nun kannte sich der Hund aus. Er wollte dem Direktor erklären, dass er gar kein Schauspieler sei, aber der Direktor ließ ihn nicht zu Wort kommen. Er fing an, dem Hund die Rolle zu erklären. »Eine wunderbare Charakterrolle ist das«, schwärmte er. »Sie sind ein Prinz und lieben die Prinzessin aus dem Nachbarland, aber die ist in einen Windhund verliebt und will Sie nicht. Und da werden Sie traurig und trübsinnig, aber dann erfahren Sie, dass die Prinzessin den Windhund geheiratet hat und dass der Windhund böse zu ihr ist, und da beschließen Sie, die Prinzessin vom Windhund zu befreien ...«

Je länger der Direktor erzählte, umso besser gefiel dem Hund die Sache! Warum eigentlich nicht, dachte er. Im Auswendiglernen war ich immer schon spitze, und traurig dreinschauen liegt mir, und gegen einen Windhund kämpfen – wenn er nicht davonrennt – ist eine Kleinigkeit.

So behielt der Hund für sich, dass er gar kein Schauspieler war, und als der Direktor das ganze Theaterstück erzählt hatte, sagte der Hund: »Die Sache hat leider einen Haken. Ich und ein Schwein nämlich, wir sind Partner! Wir treten nur zusammen auf! Das haben wir so ausgemacht!«
»Aber in dem Theaterstück ist keine Rolle für ein Schwein«, sagte der Direktor.
»Dann muss ich ablehnen«, sagte der Hund. »Ohne mein Schwein läuft nichts bei mir!«
Der Hund stand auf und tat, als wollte er weggehen.
»So warten Sie doch«, rief der Direktor. Er sprang auf, packte den Hund am Schal und hielt ihn zurück. »Muss die Rolle für Ihr Schwein groß sein?«, fragte er.
»Nicht unbedingt«, sagte der Hund. »Bloß auf der Bühne sollte es sein und das eine oder andere Wort sagen!«
»Schön, dann bekommt Ihr Schwein eine Rolle.« Der Direktor ließ den Schal vom Hund los und setzte sich wieder. »Das Schwein wird Ihr Bruder. Es weicht Ihnen nicht von der Seite. Kleine Brüder haben das ja so an sich! Und manchmal sagt das Schwein: ›Mir soll's recht sein, Bruder.‹ Genügt das?«
Der Hund nickte und sagte: »Also gut. Dann

werden jetzt das Schwein und ich den Text lernen!«

Der Direktor schüttelte dem Hund die Pfote und teilte ihm mit, dass morgen um zehn Uhr die Generalprobe sei, und bat, der Hund möge pünktlich erscheinen.

»Na, endlich!«, rief das Schwein, als der Hund zur Tür rauskam. »Hab ich einen Job?« Das Schwein sprang auf und hopste aufgeregt vor dem Hund herum.

»Du hast eine Hauptrolle«, sagte der Hund. »Du bist das Schwein, dem alles recht sein soll! Und stell dir vor, ich habe auch eine Rolle bekommen. Ich bin dein Bruder!«

Das Schwein freute sich mächtig. Es wollte feiern. Doch der Hund sagte, das sei ganz unmöglich, sie könnten nicht feiern, sie müssten lernen. Der Hund und das Schwein fuhren mit dem Moped auf eine Wiese vor der Stadt. Sie setzten sich ins Gras und der Hund übte mit dem Schwein den Satz: »Mir soll's recht sein, Bruder!«

Spät am Abend, als der Mond hinter den Hügeln aufging, hatte das Schwein seinen Satz endlich kapiert. Aber vom Lernen war das Schwein so müde geworden, dass es auf der Wiese einschlief. Der Hund deckte es mit seiner Strickjacke zu und fing an, die Prinzenrolle zu lernen.

Gott sei Dank schien der Mond so hell, dass der Hund den Text im Mondlicht lesen konnte.
Als die Sonne aufging, hatte es der Hund geschafft. Wie Schauspieler so sagen: Der Text saß perfekt!
Natürlich war der Hund ziemlich müde. Nächte zu durchwachen, war er nicht gewohnt. Er gähnte ein bisschen.
Das Schwein wurde munter, weil ihm die Sonne auf den Rüssel schien. Es gähnte auch, dann rief es: »Mir soll's recht sein, Bruder!«
Der Hund freute sich sehr, dass das Schwein seinen Satz noch wusste.
Die Generalprobe war ein Erfolg! Der Theaterdirektor war ganz entzückt vom Hund. »Wo sind Sie denn bisher aufgetreten?«, fragte er. »Haben Sie im Verborgenen geblüht? Dass so ein Talent nicht weltberühmt ist, wundert mich!«
»Ich war im Ausland«, sagte der Hund.
»Ich war auch im Ausland«, sagte das Schwein.
Aber das interessierte den Direktor nicht besonders. Er hörte gar nicht richtig hin. Das Schwein merkte das. »Wieso lobt er mich nicht?«, beschwerte es sich beim Hund.
»Ach, er hat dich über den grünen Klee gelobt«, log der Hund. »Gerade vorher, als du auf dem Klo warst!«
Da war das Schwein beruhigt.

Von diesem Tag an traten der Hund und das Schwein siebenmal in der Woche in dem Theaterstück »Ein Prinz sucht sein Glück« auf. Der Hund war bald der Liebling des Publikums und das Schwein konnte kaum Schaden anrichten. Es spielte ja keine Rolle, ob es seinen Satz sagte oder ob es ihn vergaß. Und wenn dann der Vorhang fiel und die Leute klatschten und sich die Schauspieler zusammen verneigten, freute sich das Schwein und dachte: Die jubeln alle mir zu! Doch eines Tages bekam das Schwein eine Zeitung in die Pfoten. Auf der letzten Seite der Zeitung stand eine Kritik über das Theaterstück. »Ein Prinz sucht sein Glück«, stand da, sei ein sehr spannendes und dazu noch sehr poetisches Stück. Und der Hund, der den Prinzen spiele, sei ein großer Künstler. Die Schauspielerin, die die Prinzessin spiele, sei auch ein großes Talent. Auch der Windhund und der Vater der Prinzessin und die Zofe und der Kammerdiener Franz wurden lobend erwähnt. Sogar der Koch, der dem Hund im 2. Akt drei Marillenknödel brachte, bekam ein Lob. Und zum Schluss stand noch geschrieben: »Nur warum andauernd der kleine Bruder vom Prinzen über die Bühne jappelt und ›Mir soll's recht sein‹ grunzt, bleibt rätselhaft. Auf diese Figur hätte der Autor besser verzichten sollen!«

Das Schwein galoppierte mit der Zeitung zum Hund. »Lies das!«, grunzte es empört. »Dem Volltrottel, der das geschrieben hat, dem werde ich es zeigen! Hat man so was schon gehört! Der wird noch Augen machen!«
»Was hast du vor?«, fragte der Hund und bekam drei dicke Kummerfalten auf der Stirn.
»Das wirst du heute Abend sehen!« Das Schwein grunzte geheimnisvoll.
»Mach bitte keinen Unfug«, mahnte der Hund. »Sonst geht noch etwas schief!«
»Ach, Gotterl, nein!«, rief das Schwein. »Bei dem Glück, das ich habe, seit ich mit dir zusammen bin, kann gar nichts schief gehen!«
Als an diesem Abend der Vorhang im Theater hochging, saß der Hund – so wie bei jeder anderen Vorstellung auch – auf seinem Thron, und das Schwein saß zu seinen Pfoten.
Der Hund rief:

»Lieber Kammerdiener, lieber Franz,
ungeduldig bin ich schon ganz!
Vor drei Tagen bat ich um ihre Hand
die Prinzessin aus dem Nachbarland!
Wann sagt sie denn endlich Ja?
Warum ist der reitende Bote noch nicht da?
Ich zittere vor Sehnen und Bangen,
würd am liebsten zu weinen anfangen!«

Nun hätte das Schwein sagen sollen: Mir soll's recht sein, Bruder! Doch das Schwein pfiff auf seinen Text. Es sprang auf und schlug um den Thron herum Purzelbäume und sang dabei: »Komm, lieber Tralala, und mache die Trala wieder trala!«
Die Zuschauer lachten, ein paar klatschten sogar, und eine dicke, blonde Frau, die in der ersten Reihe saß, rief: »Bravo!«
Dann kam der Kammerdiener Franz auf die Bühne. Er hatte ein großes Briefkuvert in der Hand und sprach:

»Mein Prinz, hier ist die Nachricht,
auf die Ihr so schrecklich erpicht!«

Der Prinz schnappte sich das Kuvert, riss es auf, zog ein Blatt Papier heraus und las vor:

»Werter Prinz, ich muss dir sagen,
die Ehe mit dir kann ich nicht wagen,
dem Grafen Windhund gehört mein Herz,
und macht dir dieses auch großen Schmerz,
es ist nicht mehr zu ändern!
Such dir eine Frau in anderen Ländern!«

Nun hätte der Hund zu weinen und zu schluchzen anfangen sollen, doch dazu kam er nicht, denn das Schwein purzelte schon wieder über

die Bühne und quäkte dabei unentwegt: »Mir soll's recht sein, Bruder, mir soll's recht sein, Bruder, mir soll's recht sein, Bruder ...«
Die Zuschauer lachten wieder, fast alle klatschten jetzt, und die dicke, blonde Frau in der ersten Reihe sprang auf und rief: »Bravo, bravo, bravissimo!«
Der Kammerdiener Franz schnappte sich das Schwein und wollte es abschleppen, nach hinten, in die Kulissen. Doch das Schwein wehrte sich, es wand sich und strampelte und quäkte: »Ich bin der Hauptdarsteller! Ohne mich läuft hier doch nichts! Lass mich sofort los!«
Das gefiel den Zuschauern noch besser als das Purzelbaumschlagen und das Tralala-Lied. Das Theater wackelte vor Gelächter, alle Zuschauer klatschten, und die dicke, blonde Frau aus der ersten Reihe warf dem Schwein Kusshände zu.
»Vorhang runter«, rief der Theaterdirektor hinter den Kulissen. Langsam fiel der Vorhang. Der Direktor sauste auf die Bühne. »Ist das Schwein verrückt geworden?«, brüllte er. »Hinaus mit dem Schwein, nichts wie hinaus mit dem Schwein!«
»Das will ich ja!«, rief das Schwein. »Aber wenn mich der blöde Kerl nicht loslässt, dann kann ich doch nicht!«
Der Kammerdiener Franz ließ das Schwein los

und das Schwein rannte auf den Vorhang zu. Der Direktor packte es am Ringelschwanz. Das Schwein flitzte unter dem Vorhang durch, und weil der Direktor den Ringelschwanz nicht losließ, sauste er hinter dem Schwein her und stand plötzlich neben dem Schwein vor dem Vorhang, an der Rampe.
Das Schwein lächelte und verbeugte sich vor den klatschenden Zuschauern. Dem Direktor blieb nichts anderes übrig, als sich auch zu verneigen und auch zu lächeln. Weil er aber eine Riesenwut auf das Schwein hatte, trat er dem Schwein dabei gegen eine Hinterhaxe. Das Schwein verlor das Gleichgewicht, kippte vornüber und fiel der dicken, blonden Frau in den Schoß.
»Was für eine Ehre«, rief die dicke, blonde Frau entzückt, »einen Schauspieler habe ich noch nie in den Armen gehalten!«
Der Hund nahm die Krone vom Kopf, legte das Zepter neben den Thron und schlich in seine Garderobe.
»Aus und vorbei«, sprach er zu sich. »Und bevor mich der Direktor hinauswirft, gehe ich lieber selber!«
Er setzte den Borsalino auf, wickelte den Schal um den Hals, band die Wanderniere um den Bauch und verließ das Theater. Bis auf die Straße hinaus war der Applaus zu hören!

Der Hund lief zum Parkplatz hinter dem Theater, wo das Moped vom Schwein geparkt war. Er holte seine Reisetasche und den Koffer vom Gepäckträger. Er setzte sich neben das Moped, nahm einen Bogen Briefpapier aus der Reisetasche und schrieb darauf:

Lieber Freund Schwein,
unsere Wege trennen sich nun.
Aber du wirst sicher auch weiter
noch viel Glück haben. Das weiß
ich genau.
Dein Freund Hund.

Der Hund band den Brief mit einem Schuhband an den Lenker vom Moped, nahm die Reisetasche in die rechte Vorderpfote und den Koffer in die linke und marschierte in die Nacht hinein und pfiff dabei seine neun Lieder. Er war sehr wohlgemut. Schrecklich gern war er nämlich mit dem Schwein nicht Freund gewesen!
Ein paar Tage später, bei einer Rast in einem Kaffeehaus, las der Hund in der Zeitung:

Riesenerfolg im Theater!

»Der Prinz sucht sein Glück« wurde neu inszeniert! Das Stück ist viel lustiger geworden und viel kürzer auch. Ein schweinischer Künstler von Gottes Gnaden feiert darin Erfolge.

Und eine Woche später sah der Hund an einem Kiosk eine Zeitung hängen, die hatte auf der ersten Seite ein großes Bild. Darauf war das Schwein, und Wange an Wange mit dem Schwein die dicke, blonde Frau. Die, der das Schwein in den Schoß geplumpst war. Die Frau hatte ein Kränzlein auf dem Kopf und lächelte. Unter dem Foto stand:

Große Hochzeit in der feinen Gesellschaft! Die Besitzerin der Wurstfabrik »Extra & Knack« hat heute das Komikerschwein vom Stadttheater geheiratet. Angeblich war es Liebe auf den ersten Blick. Das Schwein wird sich leider vom Theater zurückziehen und in den Betrieb der Ehefrau einsteigen.

»O.K., das hätten wir geschafft!«, murmelte der Hund, nachdem er die Zeitung gelesen hatte. Und als er dann weiterwanderte, pfiff er besonders fröhlich vor sich hin.

3. *Kapitel*

Der Hund geht in die Schule

Etliche Tage wanderte der Hund drauflos und blieb für sich. Höchstens, dass er im Vorbeigehen einen freundlichen Gruß erwiderte oder ein paar Worte mit dem Wirt sprach, wenn er wo einkehrte. Wer gerade eine so anstrengende Freundschaft, wie die mit dem Schwein, hinter sich hat, sehnt sich nach Ruhe. Langweilig war dem Hund trotzdem nicht, denn er redete viel mit sich selbst. Mit zweierlei Stimmen redete er, damit die Selbstgespräche nicht zu eintönig wurden. Mit tiefer Brummstimme stellte er sich Fragen. Mit hoher Bellstimme gab er sich Antworten. Und er schaute viel. Blumen, Käfer und Schmetterlinge schaute er gern an. *Mit dem Hirn fotografieren* nannte er das. Am Abend, wenn er in einem Wirtshausbett lag, ordnete er die *Hirnfotos* im Kopf. Eine richtige Kopfkartei von A bis Z legte er sich an. Die Namen aller Blumen, Käfer und Schmetterlinge, die er sah, kannte er leider nicht. Und Bücher, in denen er hätte nachschlagen können, führte er im Reisegepäck nicht

mit. So gab er eben allem Unbekannten neue Namen. Einen Käfer taufte er *Tüchtig*, einen *Frau Meier*. Eine Blume nannte er *Rudi*, eine andere *Zuckerschnee*. Schmetterlingen gab er die Namen *Morgenrot* und *Ringelstern*. Am liebsten schaute der Hund aber Wolken an. Die legte er in der Kopfkartei unter *Wehmut* und *Lachsack*, *Windelweich*, *Lebwohl* und *Ich komm wieder* ab.
Einmal, an einem warmen Nachmittag, lag der Hund lange auf einer Wiese und machte Hirnfotos von weißen Federwölkchen. Er stand erst auf, als die Sonne hinter dem Horizont verschwunden war. Vom langen Liegen war er steif im Kreuz. »Das wird doch kein Hexenschuss werden?«, fragte sich der Hund besorgt.
»Könnte leicht sein«, gab er sich zur Antwort. »Wiesen sind immer ein bisschen feucht, und das tut einem alten Hundskreuz nicht gut!«
»Sollte ich mir dann nicht hurtig ein Bett für die Nacht besorgen?«, fragte sich der Hund.
»So hurtig wie nur möglich«, gab er sich zur Antwort. »Ein steifes Kreuz gehört auf ein weiches Lager!« (Da irrte der Hund zwar gewaltig, denn ein steifes Kreuz gehört hart gebettet, aber in medizinischen Angelegenheiten war der Hund nicht sehr gebildet.)
Der Hund machte sich auf die Suche nach einem Nachtquartier. Im ersten Gasthof, zu dem er

kam, waren alle Zimmer belegt. Im zweiten Gasthof war dem Hund der Zimmerpreis zu hoch. Der dritte Gasthof war *Wegen Umbau geschlossen.* Stockdunkel war es schon, als der Hund zum vierten Gasthof kam. Erleichtert seufzte er, als er an der Tür ein *Zimmer-frei*-Schild sah. Doch gerade als er die Tür aufmachen wollte, kamen ein dicker Mann und eine dicke Frau zur Tür heraus. Der dicke Mann kratzte sich den Bauch, die dicke Frau kratzte sich den Hintern. »So was von Schweinerei«, rief die dicke Frau dem Hund zu. »Das gehört ja angezeigt«, rief der dicke Mann dem Hund zu. Und dann erzählten die beiden dem Hund, dass die Fremdenzimmer voll von Flöhen und Wanzen seien. Sie zeigten dem Hund Wanzenbisse und Flohstiche an den Armen und Beinen.
Der Hund bedankte sich für den Hinweis und wanderte weiter. Sein Kreuz wurde immer steifer. Er wickelte sich den Wollschal um den Bauch, weil Wolle wärmt und Wärme gut gegen ein steifes Kreuz ist. Bis gegen Mitternacht lief der Hund im Mondschein dahin. Und das steife Kreuz machte ihm, trotz Wollschal, immer mehr zu schaffen. Gähnmüde war der Hund auch schon. Er beschloss, im nächsten Dorf, gleich im ersten Haus – und ganz egal, wer dort wohnte –um ein Nachtlager zu bitten.

»Das ist zwar nicht die feine englische Art«, sagte sich der Hund, »aber wenn ich nicht bald in die Heia komme, kippe ich aus den Latschen und kann mein Kreuz auf den Misthaufen werfen!«

Das erste Haus im nächsten Dorf war eine Schule. Der Hund ging um das Haus herum und leuchtete mit der Taschenlampe in die Fenster. Hinter zwei Fenstern waren Klassenzimmer, hinter einem waren Klomuscheln, hinter einem war ein Schreibtisch mit einem Stuhl dahinter. Eine Schulwartwohnung, mit einem schlafenden Schulwart im Bett, gab es hinter keinem Fenster. Aber auf der Hinterseite vom Schulhaus stand ein Flurfenster offen.

»Wenn keine Seele im Haus ist«, sprach der Hund zu sich und stieg durch das offene Fenster ins Haus ein, »dann kann ich leider niemanden um Erlaubnis bitten, hier schlafen zu dürfen.«

Der Hund entschied, im Zimmer mit dem Schreibtisch zu schlafen, weil das einen weichen Teppichboden hatte. Er richtete sich das Lager unter dem Schreibtisch. Die Wanderniere nahm er als Kopfkissen, mit dem Schal und dem Mantel deckte er sich zu.

Bevor er einschlief, dachte er: Da es verboten ist, in fremde Häuser einzusteigen, werde ich mich in aller Herrgottsfrühe aus dem Staube machen.

Sonst holen die Lehrer die Polizei und ich lande im Gefängnis!

Doch dann kam es anders: Der Hund verschlief die Herrgottsfrühe. Er wurde erst munter, als eine Glocke unheimlich laut rasselte. Das war die Schulglocke, die den Unterricht einläutete. Der Hund erholte sich zuerst einmal von dem Heidenschreck, der ihm beim Glockengerassel in die Glieder gefahren war, dann schaute er vorsichtig aus seiner Schreibtischhöhle. Er sah, dass die Zimmertür offen stand.

Vor der Tür, auf dem Flur, waren viele Kinder, die umringten einen Bären. Ein Kind fragte den Bären: »Herr Direktor, kommt heute der neue Lehrer?«

Der Bär sagte: »Man hat es versprochen. Da es aber bereits acht Uhr vorbei ist und Lehrer am ersten Arbeitstag selten zu spät kommen, dürfte da wieder einmal was schief gelaufen sein!«

Der Hund dachte: Ich verdrücke mich lautlos! Ich klettere zum Fenster hinaus! Er nahm sein Reisegepäck in die Pfoten und kroch aus der Schreibtischhöhle.

Sein Kreuz war noch immer recht steif. Er wollte auf Pfotenspitzen zum Fenster schleichen. Normalerweise war der Hund ein ausgezeichneter Schleicher. Doch mit einem steifen Kreuz ist schlecht schleichen. Der Hund schwankte, stieß mit der Reisetasche gegen den Schreibtisch und mit dem Koffer gegen den Stuhl. Das machte allerhand Lärm. Der Bär drehte sich um, sah den Hund, lief zu ihm und rief: »Ach, da sind Sie ja, Herr Kollege! Willkommen!«

Der hält mich für den neuen Lehrer, dachte der Hund. Aber weil es angenehmer ist, für einen Lehrer gehalten zu werden als für einen Einbrecher, widersprach er nicht.

»Wir sind eine Zwergschule«, sagte der Bär.

»Die Kinder sind doch normal groß«, sagte der Hund.

»Haha, Sie Witzbold«, rief der Bär. Er klatschte dem Hund auf die Schulter. »Ich mag Lehrer mit Witz. Ihr Vorgänger war ein Sauertopf. Darum liegt er jetzt mit der Galle im Spital!«

»Der Arme«, murmelte der Hund. Warum ihn der Bär für einen Witzbold hielt, kapierte er nicht.

»Und welche wollen Sie lieber?«, fragte der Bär.

»Mir soll's gleich sein«, murmelte der Hund, weil er schon wieder nicht wusste, was der Bär meinte.

»Dann nehm ich die Großen und Sie nehmen die Kleinen«, schlug der Bär vor.

»Mir soll's recht sein«, murmelte der Hund und dachte: Ich werd schon noch merken, welche Kleinen und welche Großen da gemeint sind.

»Der Sauertopf hat nämlich auch die unteren vier Klassen gehabt«, erklärte der Bär.
Nun wusste der Hund, wer mit den Kleinen und den Großen gemeint war. »Wie weit ist denn mein werter Herr Kollege im Lehrplan vorangeschritten gewesen?«, fragte der Hund und freute sich mächtig, einen so vornehmen, gebildeten Satz zuwege gebracht zu haben.
Der Bär überlegte. »Nun ja«, sagte er. »Die erste Klasse war beim Zählen, die zweite beim Einmaleins, die dritte beim Multiplizieren und die vierte beim Dividieren. Aber das werden die Kinder alles wieder vergessen haben. Seit der Sauertopf krank ist, haben wir nur mehr Lieder gesungen. Ich kann ja nicht acht Klassen auf einmal unterrichten!«
Der Bär führte den Hund in ein Klassenzimmer. Zwanzig Kinder saßen dort hinter den Pulten. Die sehr kleinen in der ersten Pultreihe, die etwas größeren in der zweiten, noch größere in der dritten und ziemlich große in der vierten.
»Das ist der Aushilfslehrer«, sagte der Bär zu den Kindern. »Seid nett zu ihm!« Der Bär winkte den Kindern zu und lief aus der Klasse.
Der Hund starrte die Kinder an. Die Kinder starrten den Hund an.
Der Hund räusperte sich. »Also, ich bin der Hund!«, sagte er.

»Ich bin die Anna«, sagte ein Mädchen in der ersten Pultreihe.
»Angenehm.« Der Hund verbeugte sich vor der Anna.
»Ich bin der Peter«, rief ein Bub aus der letzten Pultreihe.
»Angenehm.« Der Hund verbeugte sich wieder.
»Gar nicht wahr«, riefen zwei Mädchen aus der dritten Pultreihe. »Er heißt Ignaz!«
»Wenn er lieber ein Peter sein mag«, sagte der Hund, »soll's mir genauso recht sein!«
»Dann würd ich auch lieber eine Carmen sein«, sagte die Anna.
»O.K., Carmen«, sagte der Hund.
Ein Bub in der zweiten Pultreihe hob die Hand.
»Ja, bitte?«, fragte der Hund.
Der Bub stand auf. »Wenn ich mir auch einen neuen Namen nehme, welcher Name steht dann im Zeugnis? Der alte oder der neue?«
»Ich mag Zeugnisse nicht«, sagte der Hund.
»Gibt es dann heuer gar kein Zeugnis?«, fragte der Bub.
»Doch, leider«, sagte der Hund. »Aber bis zum Schulschluss ist der Sauertopf wieder da, der macht das.«
»Dann muss man bei Ihnen gar nichts lernen?«, fragte der Bub.
»Du musst immer lernen«, sagte der Hund.

»Nichts lernen geht nicht. Wenn du bei mir nichts lernen musst, dann hast du hinterher gelernt, dass es Lehrer gibt, bei denen man nichts lernen muss!«

Der Bub riss erstaunt den Mund auf und glotzte den Hund an. Dem Hund war das unangenehm. So sagte er schnell, nicht zum Buben, sondern zu allen Kindern: »Wie wär's, wenn ich euch aufzähle, was ihr von mir alles lernen könnt, und ihr sucht euch was aus?«

Nun rissen alle Kinder die Münder auf und glotzten den Hund an.

»Oder soll ich besser irgendwas von euch lernen?«, fragte der Hund. Er schaute sich in der Klasse um. Niemand meldete sich. »Na dann«, seufzte der Hund, »tun wir halt dort weiter, wo der Sauertopf aufgehört hat!«

Der Hund konnte natürlich tadellos zählen und malnehmen und teilen. Das Einmaleins konnte er sogar auswendig bis 37 mal 37. Bloß, wie man Kindern die Rechnerei beibringt, wusste er nicht. Und wie er gleichzeitig den einen dies und den anderen jenes erklären sollte, wusste er schon gar nicht. Zeit gewinnen, dachte sich der Hund und sprach: »Nehmt bitte eure Rechenhefte heraus!« (Das hatte seinerzeit sein Lehrer immer gesagt. Daran, fand der Hund, konnte nicht viel falsch sein.) Doch die Kinder hatten keine Hefte mitge-

bracht. Nur die Singbücher hatten sie mitgenommen, weil sie in den letzten Wochen beim Bären immer gesungen hatten.
Dem Hund fiel ein, dass sein jüngster Sohn gern mit Kugeln gerechnet hatte. Und dass Kirschen wie Kugeln aussehen und dass gerade Kirschenzeit war, fiel dem Hund auch ein.
»Gibt's hier wo einen Gemüseladen?«, fragte der Hund.
»Am anderen Ende vom Ort«, sagte die Carmen-Anna.
»Dorthin gehen wir jetzt«, sagte der Hund. Er fragte erst gar nicht nach, ob die Kinder das wollten, denn er dachte sich: Die reißen ja ohnehin nur die Mäuler auf und glotzen, wenn man sie nach ihren Wünschen fragt!
Der Bub, der sich für das Zeugnis interessiert hatte, fragte: »Zu welchem Unterrichtsfach gehört In-den-Gemüseladen-Gehen?«
Der Hund antwortete: »Das Hingehen ist Verkehrserziehung, das Einkaufen Konsumverhalten, und das Heimgehen ist Turnen, weil wir auf einem Bein hüpfen werden!«
Der Hund ging mit den Kindern durch das Dorf. Viel Verkehrserziehung konnte er nicht betreiben, weil im Dorf kein Verkehr war. Bloß ein Traktor kam ihnen entgegen, und der fuhr genau in der Straßenmitte. Da erklärte der Hund den

Kindern, dass der Traktorfahrer ein Blödhammel sei. Und dem Traktorfahrer schrie er zu: »Rechts halten, du Dolm!«
Bevor der Hund mit den Kindern in den Gemüseladen ging, führte er sie in die Sparkasse und ließ zwei 100-Schilling-Scheine auf Silberfünfer wechseln.
»Wie viele Silberlinge kriegen wir da?«, fragte er die Kinder.
»Vierzig«, sagte ein Bub aus der vierten Klasse.
»Und wie viele Kinder seid ihr?«, fragte der Hund ein Mädchen aus der ersten Klasse.
»Weiß ich nicht«, sagte das Mädchen.
»Zähl halt nach«, riet der Hund.
Das Mädchen zählte nach. Von eins bis zwanzig zählte es.
»Und wie viele Fünfer kriegt jeder, wenn wir 40 haben und 20 sind?«, fragte der Hund.
»Zwei mal 20 ist 40«, rief ein Bub aus der dritten Klasse.
Der Hund nickte und gab jedem Kind zwei Silberfünfer.
Dann gingen sie in den Gemüseladen. Dort gab es gelbe, hellrote und dunkelrote Kirschen. Der Hund hielt einen Vortrag über Kirschen. Über süße und saure, faulige und wurmige, mit Chemie gespritzte und biologisch reine.
Der Gemüsefrau gefiel das nicht. »Wollen Sie

meine Ware schlecht machen?«, fragte sie misstrauisch. Und als der Hund die Kinder bat, von jeder Kirschensorte zu kosten, um sich für eine entscheiden zu können, wurde die Gemüsefrau stocksauer. »Auf solche Kundschaft kann ich mit Handkuss verzichten«, rief sie.
»Werte gnädige Frau«, sagte der Hund zur Gemüsefrau. »Wir sind keine Kundschaft, wir halten hier eine Schulstunde ab.«
»Eine Schulstunde bei mir?«, staunte die Gemüsefrau.
»Natürlich«, sagte der Hund. »Gemüse gehört zum Leben! Das ist wichtig für die Kinder!«
Da sagte die Gemüsefrau nichts mehr. Brav wog sie jedem Kind ein Viertelkilo Kirschen ab, nahm Fünfer und gab Groschen zurück. Sie murrte nicht einmal, als der Hund zu den Kindern sagte: »Und zählt das Wechselgeld nach, denn Kinder werden gern beschissen!«
Dann hüpften der Hund und die Kinder auf einem Bein, abwechselnd 13 Sprünge auf dem rechten und 13 auf dem linken, zur Schule zurück. Weil die Sonne schien, blieb der Hund mit den Kindern im Schulhof und lehrte sie Kirschkernspucken. Sieger im Weitspucken wurde der Tarzan-Gottlieb aus der vierten Klasse. Er schaffte eine Weite von 12 Metern, 17 Zentimetern und 3 Millimetern. Leider waren nach dem

Wettkampf alle Kirschen verbraucht. Für eine Rechenstunde war keine einzige mehr übrig.
Ach was, dachte sich der Hund, die Kinder haben in der Sparkasse Geld gezählt und Kinder gezählt, Fünfer durch Kinder geteilt und Kinder mal Münzen genommen! Sie haben im Gemüseladen das Wechselgeld kontrolliert, beim Spucken die Weiten auf den Millimeter genau genommen und beim Heimhüpfen die 13er-Reihe wiederholt. Das ist genug Rechnerei für einen Tag!
»Schluss für heute«, sagte der Hund zu den Kindern.
Die Kinder liefen heim, und der Hund sammelte die Kirschkerne auf, was ihm im Kreuz, das noch immer ein bisschen steif war, ziemlich wehtat. Aber dass Kinder nicht gern aufräumen, wusste der Hund. Und dass Kinder keine Leute mögen, die sie zum Aufräumen zwingen, wusste der Hund auch.
Und irgendwie – er wusste nicht genau, warum – wollte er, dass ihn die Kinder in guter Erinnerung behielten.
Der Hund verließ die Schule. Am Hauptplatz entdeckte er einen hübschen Gasthof. Er mietete sich ein Zimmer und legte sich ins Bett. Wegen dem Kreuz. Das wollte er bis morgen früh ganz auskurieren, um dann flott weiterwandern zu können.

Am nächsten Morgen war das Kreuz vom Hund wieder tadellos in Ordnung. Und einen Riesenhunger hatte der Hund. Er ging in die Wirtsstube hinunter und bestellte sich beim Wirt ein Frühstück mit Speckeiern und Käse und Kaffee und Himbeermarmelade.

Der Hund mampfte sein Frühstück voll Behagen. Die Wanderkarte hatte er dabei auf dem Tisch liegen.

Er überlegte, wohin er gehen sollte.

Er entschloss sich, nach Süden zu gehen, weil da auf der Karte, in einem Tagmarsch Entfernung, ein großer See eingezeichnet war. An großen Gewässern, dachte der Hund, tut sich immer allerhand, da könnte man mich brauchen. Als Rundfahrthund. Oder als Rettungsschwimmhund.

Als der Hund von der Wanderkarte hochschaute, standen die Carmen-Anna aus der ersten Pultreihe und die Lolita-Eva aus der dritten Pultreihe vor ihm.

»Wie kommt denn ihr hierher?«, fragte der Hund erschrocken.

»Wir sind die Töchter vom Wirt«, sagte die Carmen-Anna, und die Lolita-Eva sagte: »Wir müssen los, Herr Lehrer, es ist gleich acht Uhr!«

»Lauft voraus«, sagte der Hund. Er wurde rot im Gesicht, weil er sich für die Lüge schämte.

Aber das konnte man nicht sehen, da er im Gesicht behaart war.
»Bevor Sie in der Schule sind«, sagte die Carmen-Anna, »versäumen wir sowieso nichts!«
»Ich hol euch ein«, sagte der Hund. »Ich lauf schneller!«
»Garantiert nicht«, sagte die Lolita-Eva. »Wir sind die schnellsten Renner der Gegend. Uns holt keiner ein!«
Und der Wirt rief vom Ausschank her: »Ehrlich! Nichts gegen Ihre Laufgeschwindigkeit, Herr Lehrer. Aber meine Töchter sind Ihnen über!«
Der Hund merkte: Da gibt es kein Entrinnen! Er wischte sich das Maul und stand auf. Muss ich eben noch einen Schultag zulegen, dachte er. Besser für vier Stunden Lehrer als für vier Monate im Arrest!
(Der Hund hatte sich ja jetzt schon doppelt strafbar gemacht. Nicht nur, dass er in die Schule eingestiegen war, er hatte sich auch als Lehrer ausgegeben. *Amtsanmaßung,* schätzte der Hund, hieß dieses Vergehen.)
Der Hund lief mit den Wirtstöchtern zur Schule. Obwohl er einen rasanten Endspurt einlegte, kamen die Carmen-Anna und Lolita-Eva mit drei Hundslängen Vorsprung beim Schultor an. Dort stand der Bär und wedelte mit einem Brief. »Kollege, schaun Sie sich das an«, rief der Bär.

»Die Schulbehörde ist irr und wirr!« Er hielt dem Hund den Brief unter die Schnauze.
Der Hund las: »... können wir Ihnen leider erst in drei Wochen einen Aushilfslehrer schicken ...«
»Da weiß ja eine Abteilung nicht, was die andere tut«, rief der Bär. »Die schicken einen Lehrer und schreiben gleichzeitig, dass sie keinen schicken können!«
Der Hund war froh, dass die Schulglocke zu rasseln anfing. So konnte er in seine Klasse gehen und brauchte nicht weiter mit dem Bären über den Brief reden.
»Heute«, sagte der Hund zu den Kindern, »machen wir einen Aufsatz. Die, die schreiben können, schreiben ihn, wer noch nicht schreiben kann, erzählt ihn mir!«
»Über welches Thema?«, fragte die Desirée-Rosa.
»Na, über irgendwas Supertolles«, sagte der Hund. »Was habt ihr denn in letzter Zeit an Supertollem erlebt?«
Die Carmen-Anna rief: »Heut früh, das Wettrennen!«
Der Peter-Ignaz rief: »Gestern Vormittag, das Kirschenkaufen!«
»Und sonst?« Der Hund war ein bisschen enttäuscht.
Die Kinder sagten, sonst hätten sie leider noch

nichts Supertolles erlebt. Ihr Leben sei eher langweilig. Da passiere nicht viel.
Der Hund dachte nach. »Dann müssen wir«, meinte er, »zuerst einmal etwas Supertolles erleben, damit wir hinterher darüber einen Aufsatz machen können. Was wäre denn supertoll?«
»Ein Flug zum Mond!«, rief ein Bub.
»Die nehmen uns leider nicht mit«, sagte der Hund.
»Wir fangen einen Bankräuber«, rief ein Kind.
»So schnell finden wir keinen«, sagte der Hund.
»Wir suchen einen Schatz«, rief ein Kind.
»Wo?«, fragte der Hund.
»Keine Ahnung«, sagte das Kind.
»Ich leider auch nicht«, sagte der Hund.
»Wir treffen ein Gespenst«, rief ein Kind.
»Ja, ja«, riefen alle Kinder. »Ein Gespenst ist supertoll!«
»Gut«, sagte der Hund. »Treffen wir ein Gespenst. Zufällig wohnt eines im Schulkeller!«
Der Hund führte die Kinder aus der Klasse. Auf Zehenspitzen schlichen sie in den Keller hinunter. Als alle Kinder im Keller unten waren, drehte der Hund das Licht aus, weil ein Gespenst nur im Stockdunklen mit sich reden lässt.
»Wertes Gespenst, entschuldigen Sie die Störung Ihrer Tagesruhe«, brummte der Hund ins Stockdunkle hinein.

Dann winselte er leise.
Dann brummte er: »Meine Schüler möchten Sie kennen lernen!«
Dann winselte er wieder.
Dann brummte er: »Also, wenn Sie bloß winseln, verstehen wir Sie nicht!«
»Pardon«, sagte der Hund mit hoher Winselstimme, »vor lauter Einsamkeit bin ich ans Reden nicht mehr gewohnt!«
Der Hund brummte: »Warum bleiben Sie im Keller, kommen Sie zu uns rauf, da haben Sie Gesellschaft!«
Der Hund winselte: »Ein Gespenst darf nicht ans Licht!«
Der Hund brummte: »Was für ein Gespenst sind Sie eigentlich?«
Der Hund winselte: »Das hab ich leider vergessen!«
Der Hund brummte: »Könnten wir Sie vielleicht erlösen?«
Der Hund winselte: »Ja doch, das wär fein!«
Der Hund brummte: »Was müssen wir da tun?«
Der Hund winselte: »Das habe ich leider auch vergessen!«
Die Kinder lauschten mit angehaltenem Atem, aber dem Hund wurde sein Zwiegespräch schon langsam langweilig. So brummte er: »Na schön! Wenn Sie alles vergessen haben, dann können

wir Ihnen eben nicht helfen, dann gehen wir wieder hinauf! Guten Tag!«

Die Kinder protestierten.

Das Gespenst tat ihnen Leid. Sie wollten es unbedingt erlösen.

Wie, fragte sich der Hund, erlöst man ein Gespenst, das es gar nicht gibt. Während er das überlegte, summte ihm eine fette Schmeißfliege, die sich in den Keller verirrt hatte, um die Schlappohren. Der Hund, ein versierter Fliegenfänger, grapschte sich die lästige Fliege vom Ohr. Als er die Fliege in der Faust hielt, bekam er einen Einfall.

»Gespenst«, brummte er. »Erlösen können wir dich nicht, weil du Dolm keine Ahnung mehr hast, welcher Fluch auf dir lastet. Aber wir werden dich verwandeln. In eine fette Fliege. Dergestalt musst du das Tageslicht nicht mehr scheuen und kannst auf ewig in der weiten Welt herumfliegen. Willst du das?«

»Das wäre supertoll«, winselte der Hund.

»Dann wollen wir den Verwandlungsspruch aufsagen«, brummte der Hund und sprach den Kindern vor:

»Arme Gespenster besiegen
als fette Fliegen
Finsterqual und Kellernot,
sumsen heiter ins Abendrot,

sind nicht traurig, nicht allein,
dürfen sich des Lebens freun!«

Die Kinder sagten dem Hund Zeile für Zeile nach, der Hund stieß einen »erlösten« Winsler aus und knipste das Kellerlicht wieder an.

»Wo ist die Fliege?«, riefen die Kinder.

Der Hund zeigte ihnen seine rechte Vorderfaust. Die Kinder legten ein Ohr an die Faust, sie hörten die Fliege sumseln und surren und waren glücklich darüber.

Der Hund ging mit den Kindern in die Klasse zurück. Er stellte sich zum Lehrertisch und öffnete die Faust. Die fette Fliege flog hoch, drehte drei Runden um die Deckenlampe und sauste zum Fenster hinaus.

»Supertoll!«, riefen die Kinder.

Die Großen setzten sich hin und schrieben einen Aufsatz mit dem Titel: *Wie wir aus dem Gespenst eine Fliege machten.*

Die Kleinen hockten sich um den Hund herum und erzählten ihm die Geschichte *Vom Fliegengespenst.*

Zehn Kinder erzählten dem Hund die Geschichte und alle zehn schworen Stein und Bein, das Gespenst gesehen zu haben. Riesengroß sei es gewesen, sagten sie, und unheimlich dick. Und geschwabbelt habe es wie Zitronenpudding.

Eigentlich wollte sich der Hund gleich zu Mittag nach der Schule aus dem Staube machen. Doch weil er den Kindern versprochen hatte, die Aufsätze zu lesen und unter jeden Aufsatz einen großen roten Einser zu schreiben, ging der Hund noch schnell in den Gasthof zurück, borgte sich vom Wirt einen roten Kugelschreiber, setzte sich in sein Zimmer und las die Aufsätze und malte die Einser. Fehler verbesserte er nicht, denn er dachte sich: Ich werde doch nicht die schönen Aufsätze mit lauter roten Kraxeln verpatzen!
Dann schrieb der Hund noch einen Brief an die Kinder. Er schrieb:

Liebe Schüler,
so liebe Schüler wie euch
habe ich noch nie gehabt und
werde ich auch sicher nie mehr
bekommen. Leider muss ich euch
schon heute verlassen ...

Als der Hund mit dem Brief so weit gekommen war, legte er den Kugelschreiber weg, sagte zu sich: »Kinder belügt man in wichtigen Angelegenheiten nicht«, zerknüllte den Brief und schrieb einen neuen.
Er schrieb:

Liebe Schüler,
ich bin gar kein Lehrer.
Ich bin nur ein gewöhnlicher
Wanderhund. Nehmt es mir bitte
nicht übel. Es war sehr nett bei
Euch.
Euer Hund,
der euch nie vergessen wird.

Der Hund lief in die Wirtsstube, um sich vom Wirt ein Kuvert für den Brief zu holen. Aber der Wirt hatte kein Kuvert. So lief der Hund ins Kaufhaus.
Die Verkäuferin dort schenkte dem Hund das Kuvert. Sie sagte: »Mein Sohn, der Ignaz, geht zu Ihnen in die Klasse. Er hat mir erzählt, dass Sie ein ganz supertoller Lehrer sind!«

Als der Hund mit dem Briefkuvert in sein Zimmer zurückkam, saßen die Carmen-Anna und die Lolita-Eva auf seinem Bett. Sie schauten traurig.
»Wir wollten dir Blumen bringen«, sagte die Carmen-Anna.
»Damit du es gemütlich hast«, sagte die Lolita-Eva.
»Und da haben wir den Brief gelesen«, sagte die Carmen-Anna.

»Weil er ja auch an uns geschrieben ist«, sagte die Lolita-Eva.
Der Hund senkte den Kopf und starrte seine Hinterpfotenspitzen an. Er schämte sich schrecklich.
»Uns stört es nicht, dass du kein gelernter Lehrer bist«, sagte die Carmen-Anna.
»Und den anderen Kindern ist es sicher auch wurscht«, sagte die Lolita-Eva.
»Wir haben dich nämlich sehr, sehr lieb«, sagte die Carmen-Anna.
Der Hund war gerührt. Er holte sein Taschentuch aus der Wanderniere und schnäuzte sich.
»Bleib wenigstens noch eine Woche bei uns«, bat die Lolita-Eva.
»Wenigstens morgen noch!«, bat die Carmen-Anna.
»O.K.«, brummte der Hund, wischte sich zwei Tränen der Rührung aus den Augen und steckte das Taschentuch in die Wanderniere zurück. »Aber wirklich nur morgen noch!«
Leuten, die ihn lieb hatten, konnte der Hund einfach keine Bitte abschlagen.

Der Hund blieb noch zehn Tage Lehrer, weil ihn die Kinder jeden Tag baten, noch einen Tag – einen einzigen Tag – zuzulegen. Alle Kinder in seiner Klasse wussten, dass er kein richtiger Lehrer

war. Die Carmen-Anna und die Lolita-Eva hatten es ihnen erzählt, und sie hatten geschworen, niemandem davon zu erzählen. Die Kinder hielten den Schwur und hatten es mit dem Hund sehr schön. Fast jeden Tag machten sie einen Lehrausflug. Einmal gingen sie in die Bäckerei und lernten Brot und Kipferln backen. Einmal gingen sie in die Gärtnerei und lernten Blumen umtopfen. In die Schneiderei, zum Schuster und auf einen Bauernhof gingen sie auch. Einmal setzten sie im Schulhof Bäume. Für jedes Kind einen Baum. Einmal malten sie mit dicken Pinseln die hässlichen, grauen Mauern vom Schulhaus himmelblau an. Lieder pfeifen lehrte der Hund die Kinder auch!
Aber er vergaß auch nicht das Rechnen und Schreiben und Lesen.
Wenn man ausrechnen muss, wie viel Malfarbe man für ein ganzes Schulhaus braucht und wie viel Sauerteig auf 13 Kilo Roggenmehl kommt und wie viel Stoff man für sieben Hosen braucht, kommt man am Rechnen einfach nicht vorbei. Und da die Kinder immer aufschrieben, was sie erlebt hatten, kam auch das Schreiben nicht zu kurz. Und jeden Abend setzte sich der Hund hin und schrieb eine Geschichte aus seinem Leben auf. Die lasen die Kinder dann am nächsten Tag.

Am zwölften Schultag vom Hund regnete es in Strömen. Darum machte der Hund mit den Kindern keinen Lehrausflug. Er blieb mit ihnen in der Klasse und erzählte ihnen ein bisschen von seiner Kopfkartei und von all den Wolken, die er darin gesammelt hatte. Die Kinder und der Hund standen bei den Klassenfenstern, während der Hund erzählte, weil die Kinder auch Wolken *mit dem Hirn fotografieren* wollten. Leider war der Himmel aber einfarbig dunkelgrau und nirgendwo war eine einzelne Wolke zu sehen. Leider war etwas ganz anderes zu sehen: Ein Auto kam zur Schule gefahren. Das Auto hielt vor der Schule. Ein Mann sprang aus dem Auto, spannte einen Regenschirm auf und lief auf das Schultor zu. Der Mann war lang und dürr und, seinem Gesicht nach, ein Halbesel. Oder ein Halbmensch. Je nachdem, wie man die Sache ansah.

Der Hund sagte leise zu den Kindern: »Vielleicht ist das ein Vater, der nachfragen kommt!«

Die Kinder schüttelten die Köpfe. Sie kannten die Väter ihrer Mitschüler. Auch die von den Kindern der anderen Klasse. »Der ist nicht von hier«, sagten sie.

Dann standen die Kinder und der Hund ganz still. Sie waren so still, dass sie das Schultor quietschen hörten, als der Mann die Schule betrat.

Sie hörten seine Schritte über den Flur quietschen, hörten ihn die Tür zur Direktion aufmachen und rufen: »Wo ist denn der Direktor?«
»Ich komme ja schon! Wo brennt's denn?«, hörten sie die Stimme vom Bären, und dann kamen seine Tap-tap-Schritte aus der Nachbarklasse.
Der Bär lief in die Direktion.
Die Kinder und der Hund hielten den Atem an.
Leise schlichen sie zur Tafelwand.
Dahinter war die Direktion. Und die Tafelwand war bloß eine dünne Gipsmauer. Als ob sie einem Radiohörspiel lauschten, hörten sie, was nebenan gesprochen wurde.
»Sie wünschen, bitte?«, fragte der Bär.
»Ich komme von der Schulbehörde«, sagte der Mann.
»Freut mich sehr«, sagte der Bär.
»Wir haben da«, sagte der Mann, »einen Brief des hiesigen Elternvereins erhalten. Er will, dass der neue Lehrer hierorts fest angestellt wird, statt des erkrankten Kollegen!«
»Ja doch«, sagte der Bär. »Da steh ich voll dahinter. Die Kinder haben ihn sehr lieb. Der Kollege ist nämlich einsame Spitze!«
»Wir haben Ihnen aber gar keinen neuen Lehrer geschickt«, sagte der Mann.
Der Bär lachte dröhnend los. »Sie sind mir viel-

leicht ein Klugscheißer«, rief er. »Seit zwei Wochen ist der neue Lehrer bei uns. Glauben Sie vielleicht, dass im Nebenzimmer eine Fata Morgana steht?«
»Falls dort irgendwer steht«, rief der Mann, »dann ist das ein Schwindler! Laut Brief des Elternvereins ist der neue Lehrer überdies ein Hund. Wir haben jedoch im ganzen Schulbezirk keinen einzigen Hund als Lehrer angestellt!«
»Da legst dich nieder!«, staunte der Bär.
»Sie haben«, rief der Mann, »die Schüler einem Scharlatan anvertraut! Das Hundssubjekt wird eingelocht! Die Polizei ist schon verständigt! Und für Sie wird das auch Folgen haben!«
»Kinder, ich muss weg«, flüsterte der Hund den Kindern zu, als er dies erlauscht hatte.
»Aber nicht zum Tor raus«, flüsterte die Carmen-Anna. »Denn vielleicht steht dort schon die Polizei!«
»Ich geh durchs Fenster«, flüsterte der Hund.
»Nur ja nicht!« Der Ignaz-Peter hielt den Hund am Schwanz zurück. »Da sieht man dich vom Direktionsfenster aus!«
»Wir müssen dich verstecken«, sagte die Lolita-Eva.
In der Klasse war bloß der Schrank, der als Versteck groß genug für den Hund war. Im Schrank, in den Fächern, lagen Malfarben und

Hefte, Tafelkreide und Landkarten, Kleisterdosen und Buntpapier und Radiergummis und Buntstifte.
Der Hund wollte nicht in den Schrank. Er fand es unwürdig, sich vor dem Halbesel zu verstecken. Weil er aber vor lauter Angst hinteres Knieschlottern hatte, schafften es die Kinder trotzdem, ihn zum Schrank zu ziehen.
Ein Kind machte die Schranktür auf, zwei Kinder hoben das unterste Fachbrett hoch, drei Kinder schubsten den Hund in den Schrank, vier Kinder drückten die Schranktür zu, der Peter-Ignaz sperrte den Schrank ab und steckte den Schlüssel in die Hosentasche und rief: »Jetzt alles auf die Plätze!«
Kaum saßen alle Kinder hinter den Pulten, kam der Behördenmann mit dem Bären in die Klasse.
»Wo ist der Hund?«, fragte der Behördenmann.
Die Carmen-Anna stand auf. Sie machte ein Unschuldsengelsgesicht.
Sie sagte: »Bitte, der Herr Lehrer ist wie der geölte Blitz zur Tür raus!«
»Aufs Klo, glaub ich!« Der Ignaz-Peter zeigte Richtung Klo. »Wahrscheinlich hat er Bauchweh!«
Der Behördenmann sauste aus der Klasse, dem Klo zu. Als er innen sah, dass das Klofenster

STIELTOPF
DAMPFTOPF
SAUERTOPF

offen stand, schwang er sich durch das offene Fenster und brüllte: »Mir nach! Weit kann er noch nicht gekommen sein!«
Hinter der Schule war eine große Wiese und hinter der Wiese begann ein Wald. Am Ende der Wiese, dort wo der Wald anfing, stand jemand.
»Herr Direktor, so kommen Sie doch schon!«, brüllte der Behördenmann.
Der Bär marschierte ins Klo. Die Kinder drängten hinter ihm her. Der Bär schaute zum Klofenster hinaus. »Stehe zu Diensten«, sagte er freundlich zum Behördenmann.
»Stehen Sie nicht, rennen Sie lieber«, brüllte der Behördenmann. Er zeigte zum Waldrand hin. »Ist der dort der Hund?«
Der Bär kniff die Augen zusammen, um besser sehen zu können. Die Gestalt am Waldesrand hatte einen blitzblauen Hut auf dem Kopf. So einen blitzblauen Hut, das wusste jeder im Dorf, trug nur der alte Widder, der vom Pilzesuchen lebte.
»Der Regen verschleiert mir zwar die gute Sicht«, sagte der Bär, »aber ich denke, das könnte sehr wohl der Hund sein!«
»Was zaudern Sie dann noch?«, brüllte der Behördenmann. Er spannte seinen Regenschirm auf und rannte los. Über die Wiese, dem blitzblauen Hut zu.

Der Bär seufzte und kletterte aufs Fensterbrett. »Werd ich halt auch ein bisschen Sport betreiben«, murmelte er. Bevor er aus dem Fenster stieg, sagte er zu den Kindern: »Und ihr geht in die Klasse zurück und räumt euren Schrank aus, verstanden?«
»Verstanden!«, riefen die Kinder, wieselten in die Klasse. Der Peter-Ignaz wollte den Schrank aufsperren, doch der Schlüssel war nicht mehr in seiner Hosentasche. Die Hosentasche hatte ein Loch. Der Schlüssel musste durch das Loch gefallen sein. Die Kinder suchten verzweifelt den Fußboden ab. Den in der Klasse, den auf dem Flur und den im Klo. Aber weil sie so schrecklich aufgeregt waren und sich auch beim Suchen gegenseitig im Wege standen, fanden sie den Schlüssel nicht.
»Das bringt nichts«, rief die Lolita-Eva, »wir müssen den ganzen Schrank wegtragen!«
Vorsichtig kippten die Kinder den Schrank. Sieben Kinder packten ihn an der rechten Seite, sieben an der linken. Drei packten die Fußleiste, drei die obere Schrankkante. Der Schrank war ziemlich schwer, aber zwanzig Kinder haben zusammen allerhand Kraft, wenn sie etwas unbedingt schaffen wollen.
Die Kinder schleppten den Schrank aus der Schule.

»Und wohin jetzt?«, keuchte der Peter-Ignaz.
»Zu uns heim«, keuchten die Carmen-Anna und die Lolita-Eva. »Da ist er in Sicherheit!«
Sie schleppten den Schrank durch den dichten Regen zum Gasthof. Die paar Leute, die ihnen entgegenkamen, wunderten sich nicht, die dachten bloß: Ach, da findet wieder ein Lehrausflug statt! Waschelnass waren die Kinder, als sie den Schrank in der Wirtsstube abstellten.
»Was bringt ihr denn da?«, fragte der Wirt.
Die Carmen-Anna flüsterte dem Wirt ins rechte Ohr: »Den Hund! Er ist kein echter Lehrer!«
Die Lolita-Eva flüsterte dem Wirt ins linke Ohr: »Die Behörde ist hinter ihm her!«
Der Wirt nickte. »Ach so«, sagte er laut. »Den Schrank schenkt ihr mir! Für den alten Kram im Schuppen! Das ist lieb von euch, Kinder! Dann tragt ihn auch gleich in den Schuppen! Ich zeig euch den Weg!«
Der Wirt ging mit den Kindern in den Schuppen. Die Kinder stellten den Schrank wieder auf. Der Wirt nahm ein Stemmeisen und brach die Schranktür auf.
Hundserbärmlich schaute der Hund aus! Rotgelb-blau gefleckt war sein Fell und total mit Kleister eingesaut. Die Farbtiegel und die Kleistertöpfe waren beim Transport kaputtgegangen.

Ächzend kletterte der Hund aus dem Schrank. An seinen Pfoten klebten Löschblätter, sein Schwanz war mit Kreidestücken gespickt, von seinen Ohren flatterten Landkartenfetzen, aus seinem Bauchfell baumelten Buntstifte, und um die Nase herum hatte er – wie Warzen – lauter Radiergummis.
»Unter die Dusche mit ihm«, rief der Wirt. »Sonst verhärtet sich das Zeug noch!« Und zu den Kindern sagte er: »In die Schule zurück mit euch, aber dalli-dalli!«
Die Kinder wollten beim Hund bleiben. Sie wollten ihn waschen und föhnen und trösten. Doch der Wirt jagte sie aus dem Haus. »Seid keine Idioten«, sagte er. »Wenn der Behördenmann merkt, dass ihr hier seid, ist ihm doch gleich klar, dass der Hund nicht weit sein kann!«
Das sahen die Kinder ein. Sie liefen brav zur Schule zurück und hockten wieder sittsam hinter ihren Pulten, bevor der Bär und der Behördenmann aus dem Wald zurück waren.
Der Wirt duschte den Hund sauber. Die Wirtin föhnte ihn trocken. Der Wirt wickelte den Hund in ein Badetuch. Die Wirtin wusch seine Klamotten. Der Wirt brachte dem Hund ein belegtes Brot. Die Wirtin brachte ihm eine Tasse Kraftbrühe. Der Wirt sagte: »Tut mir Leid für Sie! Wir mögen Sie alle hier!«

Der Hund fragte schüchtern: »Und Sie sind mir gar nicht gram, dass ich kein gelernter Lehrer bin?«
Die Wirtin sagte: »Ach was! Auf gelernt kommt es nicht immer an! Sie sind eben ein Naturtalent!«
»Aber davon verstehen Behörden ja nichts«, sagte der Wirt.
Dann brachten die Wirtsleute den Hund in ihr Schlafzimmer. Der Hund war von all der Aufregung sehr müde. Er legte sich ins Ehebett, ließ sich zudecken und schlief ein.

Gegen Mittag kam der Polizist ins Gasthaus. »Es ist wegen dem Lehrer«, sagte er seufzend. »Wegen dem, den unsere Kinder so gern haben!«
»Was ist mit ihm?«, fragte der Wirt.
»Gegen ihn liegt ein Haftbefehl vor«, sagte der Polizist. »Ich muss alle Häuser im Dorf nach ihm absuchen!«
»Unser Haus auch?«, fragte die Wirtin.
»Natürlich«, sagte der Polizist. »Ich gehe dabei systematisch vor. Ich fange bei Hausnummer eins an. Pro Haus werde ich garantiert fünfzehn Minuten brauchen!« Der Polizist zwinkerte dem Wirt und der Wirtin zu und verließ die Wirtsstube.

»Da wir Hausnummer 24 haben ...«, sagte der Wirt zu seiner Frau, »... kann der Hund noch lange schlafen«, sagte die Wirtin zu ihrem Mann.

Am späten Nachmittag fuhr ein Traktor aus dem Hof vom Wirtshaus. Auf dem Traktor saß der Wirt. Auf dem Anhänger, oben auf einem riesigen Heuhaufen, saßen die Carmen-Anna und die Lolita-Eva. Gerade als der Polizist durch die Vordertür das Wirtshaus betrat, fuhr der Traktor zum hinteren Tor hinaus.
Bis weit vor das Dorf fuhr der Traktor. Bei einem Güterweg machte er Halt. Der Hund – samt Borsalino, Reisetasche, Koffer, Wanderniere und Schal – kroch aus dem Heu. Er rief dem Wirt »besten Dank« zu, warf den Wirtstöchtern eine Kusshand zu und bog in den Güterweg ein. Der Traktor machte kehrt, die Carmen-Anna und Lolita-Eva, oben auf dem Heuhaufen, weinten bitterlich hinter dem Hund her.
Der Hund marschierte den Güterweg entlang. Ihm war auch nach Tränen zumute. Ganz einsam und verlassen kam er sich vor. Er versuchte ein Lied zu pfeifen, um sich ein wenig aufzuheitern, aber jeder Pfiff wurde ein Schluchzer.
Plötzlich war hinter dem Hund Motorenlärm. Ein Auto kam gefahren. Der Hund drehte sich

nicht um. Er war sich ganz sicher: Das ist der Polizist! Jetzt werde ich verhaftet!
Der Hund versuchte gar nicht, sich im Gebüsch am Wegrand zu verstecken. Er stellte sein Gepäck ab, hob die Vorderpfoten und wartete auf die Verhaftung.

Das Auto hupte, brauste auf den Hund zu und blieb neben dem Hund stehen.
»Steigen Sie ein«, rief der Bär zum Wagenfenster hinaus.
Der Hund tat sein Gepäck in den Kofferraum und setzte sich neben den Bären. Der Bär gab Gas und fuhr weiter. Der Hund dachte, der Bär wolle bloß eine geeignete Stelle zum Wenden suchen. Als sie aber bereits an einem Dutzend Stellen vorbeigefahren waren, die zum Wagenwenden tadellos geeignet gewesen wären, dämmerte dem Hund, dass ihn der Bär gar nicht ins Dorf, zur Polizei, zurückbringen wollte. Aber zu fragen, wohin der Bär mit ihm fuhr, wagte er nicht.
Der Bär fuhr drauflos, bis der Güterweg bei einer kleinen Waldlichtung aufhörte. Er stieg aus dem Wagen und holte ein riesiges Bündel aus dem Kofferraum. Das Bündel war ein Zelt. Der Bär begann das Zelt aufzustellen. Er sagte vergnügt: »Hier bleiben wir, bis Gras über die Sache gewachsen ist! Dann ziehen wir weiter. Sind Sie einverstanden, werter Hund?«
»Wir?«, fragte der Hund.
»Natürlich nur, wenn Sie nichts gegen meine Begleitung einzuwenden haben«, sagte der Bär.
»Aber Sie müssen doch in die Schule zurück«, sagte der Hund.
Der Bär schüttelte den Schädel. »Man hat mich

vorübergehend vom Dienst suspendiert«, sagte er. »Wegen Kurzsichtigkeit. Weil ich einen Widder nicht von einem Hund unterscheiden kann. Und wegen Schlampigkeit. Weil ich nicht weiß, wohin der Klassenschrank gekommen ist. Das muss alles erst geklärt werden. Und die Behörden klären langsam. Und in einem halben Jahr wär ich ohnehin in Pension gegangen. Und das Leben ist zu schade, um es im Lehnstuhl zu versitzen, bis ein paar Halbaffen irgendeinen Unfug geklärt haben!«
»Ganz meine Ansicht«, sagte der Hund und half dem Bären beim Zeltaufstellen. Der Bär stimmte ein fröhliches Lied an, und der Hund pfiff dazu die zweite Stimme, ohne einen einzigen Schluchzer pfiff er.

4. *Kapitel*

Der Hund im Krankenhaus

Über eine Woche blieben der Hund und der Bär im Wald. Dem Bären gefiel das Waldleben. Dem Hund machte es weit weniger Spaß. Er mochte den Bären zwar sehr gern und hatte auch nichts gegen die Waldeseinsamkeit, aber er hatte den Durchfall bekommen, weil es nun einmal nicht Hundsart ist, von Beeren, Pilzen, wildem Honig und Kräutern zu leben. Außerdem wurde es in den Nächten im Zelt immer sehr kalt, und der Hund hatte von der Kälte ein steifes Kreuz bekommen.

Der Hund jammerte nicht über seine Beschwerden, doch der Bär merkte, dass es seinem Freund schlecht ging. So sprach er eines Morgens: »Lieber Hund, wir brechen die Zelte ab. Du brauchst ein warmes Bett und Fleisch auf den Teller!«

Der Hund seufzte tief. »Lieber Bär«, sagte er, »besser Dünnpfiff mit Hexenschuss in Freiheit als Gulaschsuppe mit warmer Pritsche im Gefängnis. Vergiss nicht, dass ich von der Polizei gesucht werde!«

»Hab ich nicht vergessen«, sprach der Bär. »Wir fahren in die Stadt, zu meiner Schwägerin Olga. In der Stadt gibt es so viele Hunde, dass du garantiert nicht auffällst.«
Der Hund und der Bär packten das Zelt ins Auto und fuhren in die Stadt. Die Fahrt dauerte lange, weil der Hund alle paar Kilometer rief: »Lieber Freund, ich muss leider schon wieder!« Und dann fuhr der Bär an den Straßenrand, und der Hund kletterte aus dem Wagen und verschwand im Gebüsch. Spät am Abend erst kamen sie in der Hauptstadt an.
Die Schwägerin Olga war Witwe. Ihr Mann, der Bruder vom Bären, war vor einem Jahr gestorben.

Die Witwe Olga freute sich mächtig, als sie den Bären sah. Und dass er den Hund mitbrachte, machte ihr nichts aus. Und dass der Hund den Durchfall und den Hexenschuss hatte, störte sie auch nicht. »Das kriegen wir schon hin«, sagte sie. »Schließlich habe ich meinen armen Mann drei Jahre lang gepflegt. Ich habe Übung.«
Sie kochte dem Hund Haferschleim und rieb ihm das Kreuz mit Murmeltierfett ein. Und in das Bett, das sie für den Hund richtete, legte sie drei Wärmflaschen.
»Morgen geht es Ihnen sicher besser, lieber

Hund«, sagte sie, als sie dem Hund vor dem Einschlafen die Kissen aufschüttelte.
Leider ging es dem Hund am nächsten Tag nicht besser, sondern schlechter. Über Nacht hatte er auch noch Fieber bekommen und Husten und Schnupfen. Scheußlich war dem Hund zumute. Bei jedem Huster und bei jedem Nieser spürte er einen fürchterlichen Stich im Kreuz. Und der Durchfall machte ihm sehr zu schaffen. Wenn es in seinem Bauch zu gluckern, zu ziehen und zu rumoren anfing, so, dass er rief: »Gleich geht's los!«, dann konnte er, wegen dem steifen Kreuz, nicht einfach aus dem Bett springen und im Eilzugstempo aufs Klo rasen. Ganz langsam musste er sich hochrappeln, aus dem Bett wälzen und windschief und gekrümmt zum Klo hin tappen. Höllenqualen stand er auf dem Weg zum Klo aus! Schweißgebadet und in allerletzter Sekunde kam er jedes Mal dort an. Und vom Fieber hatte er dazu noch einen dicken, heißen Brummschädel.
»Mit Wärmflasche, Haferschleim und Murmeltierschmalz kommen wir da nicht weiter«, sagte die Witwe Olga. »Da gehört ein Arzt her!«
Bloß war es Sonntag, und am Sonntag hatten die Ärzte in der Stadt Ruhetag. Nur der Ärzte-Notdienst arbeitete. Die Witwe Olga rief den Ärzte-Notdienst an. Ein junger Ärzte-Notdienst-

Arzt kam. Er schaute sich den Hund an, murmelte: »Bedenklich, sehr bedenklich«, und telefonierte nach der Rettung.
Eine Stunde später wurde der Hund auf einer Krankenhausbahre aus dem Haus der Witwe Olga getragen und mit viel Tatütata ins Krankenhaus gefahren.

Der Hund war – als Patient – noch nie in einem Krankenhaus gewesen. Vor Krankenhäusern hatte er einen Heidenschrecken. Sein Vater war in einem Krankenhaus gestorben, seine Mutter war in einem Krankenhaus gestorben, seine Frau war in einem Krankenhaus gestorben. Und sein bester Freund, der Bernhardiner, auch. Krankenhäuser und Sterben gehörten für den Hund zusammen.
Als die Rettungsmänner den Hund aus dem Auto luden und ins Krankenhaus trugen, murmelte der Hund: »Schade, dass es so mit mir endet! Ich hätte noch gern ein paar Jährchen gelebt, die Welt gesehen und mich nützlich gemacht.«
Die Rettungsmänner trugen den Hund in ein Krankenzimmer, hoben ihn von der Bahre und legten ihn in ein Bett. Die Krankenschwester, eine Siamkatze, fühlte dem Hund den Puls und steckte ihm ein Fieberthermometer ins Maul.

Der Hund dachte: Dabei wäre ich so schrecklich gern zu Hause gestorben! Im Garten, in der Weinlaube hätte ich sitzen und mich vom Schlag treffen lassen mögen!
Wie der Hund das dachte, fiel ihm ein, dass er gar kein Zuhause mehr hatte, weil er sein Haus an den Esel verkauft hatte. Da wurde der Hund so traurig, dass er weinen musste.
»Aber, aber«, rief die Siamkatze. »Wir werden doch nicht weinen, wir sind doch ein großer, tapferer Hund!«
Sie tupfte dem Hund mit einem Taschentuch die Tränen vom Wangenfell und gab ihm einen zarten Stupser auf die Nasenspitze.
Dann kam ein Arzt ins Krankenzimmer. Er hörte sich an, welche Beschwerden der Hund hatte, und gab ihm eine Spritze in die linke Hinterbacke und eine in die rechte Hinterbacke. Und vier weiße Pillen gab er ihm auch zu schlucken. Die linke Spritze war gegen das Kreuzweh, die rechte Spritze war gegen das Bauchweh, eine Pille war gegen das Niesen, eine war gegen den Husten, eine war gegen das Fieber und eine Pille war zum Einschlafen.
Der Hund schlief ein und schlief den ganzen Sonntag und die Nacht zum Montag. Montagvormittag wachte er auf und wunderte sich, dass er noch immer am Leben war. Er musste auch

nicht mehr husten und nicht mehr niesen. Das Kreuz tat ihm nicht mehr weh. Seine Schnauze fühlte sich nicht mehr heiß an und aufs Klo musste er auch nicht mehr.
»Da bin ich ja noch einmal davongekommen«, sprach der Hund zu sich. Am liebsten wäre er gleich aufgestanden und hätte das Krankenhaus verlassen. Aber er hatte ja keine Kleider bei sich. Bloß das Nachthemd, das ihm die Witwe Olga übergezogen hatte, trug er am Leib. Und am helllichten Tag im Nachthemd durch die Stadt zu gehen ist für einen, der von der Polizei gesucht wird, nicht sehr ratsam.
Als die Siamkatze dem Hund das Frühstück brachte – Kamillentee ohne Zucker und Zwieback ohne Butter –, sagte der Hund zu ihr: »Schönen Dank fürs Gesundmachen, liebe Schwester. Bestellen Sie auch dem Herrn Doktor meine allerbesten Grüße. Und seien Sie so nett und rufen Sie den Bären bei der Witwe Olga an, damit er mir meine Klamotten bringt.«
»Aber, aber«, rief die Siamkatze. »Wer wird es denn so eilig haben? Ob wir schon gesund sind, wird uns der Onkel Doktor sagen.« Sie tätschelte dem Hund die Wange und lief aus dem Zimmer.
Der Hund mampfte den Zwieback und trank den Tee und überlegte dabei, wieso er noch am Leben war. Da er ein guter Überleger war, kam

er zum Schluss: Ich bin noch am Leben, weil Krankenhäuser anscheinend nicht nur zum Sterben da sind. Sie dürften auch zum Gesundmachen taugen!
Und dann überlegte der Hund noch etwas. Er überlegte sich, dass ein Krankenhaus ein sehr gutes Versteck für einen ist, der von der Polizei gesucht wird. In einem Krankenhausbett, sagte sich der Hund, sucht die Polizei garantiert nicht nach einem falschen Lehrer. »Daraus folgt«, sprach der Hund zu sich, »dass ich noch eine Zeit lang krank sein werde!«
Der Hund wischte sich ein paar Zwiebackbrösel aus dem Fell, legte sich gemütlich im Bett zurecht, schloss die Augen und wollte ein bisschen in seiner Kopfkartei blättern: Die Wolken wollte er sich anschauen. Doch da kam die Siamkatze mit einem Rollstuhl ins Zimmer.
»Jetzt werden wir einmal gründlich durchuntersucht«, rief sie.
Der Hund stieg aus dem Bett. Er hätte auch aus dem Bett springen können, aber er dachte: Wer noch ein bisschen krank sein will, der sollte nicht allzu springlebendig wirken. Der Hund setzte sich in den Rollstuhl und die Siamkatze fuhr ihn quer durchs ganze Krankenhaus. In jeder Abteilung machten sie Halt. In einer Abteilung wurde der Hund durchleuchtet, in einer wurde

er abgehorcht, in einer vermessen und gewogen. In einer Abteilung schaute man seine Augen an, in einer seine Zunge und seinen Hals. Früher Nachmittag war es bereits, als die Siamkatze den Hund in sein Zimmer zurückrollte.

Der Hund war enorm hungrig, doch er dachte: Ein sehr kranker Hund hat keinen Appetit! Darum beklagte er sich nicht, als ihm die Siamkatze nichts als eine Tasse Tee und zwei Stück Zwieback brachte. Er hoffte auf den Bären und die Witwe Olga. Er war sich ganz sicher, dass ihn die beiden besuchen würden und dass sie ihm eine Wurst mitbringen würden. (Wenn der Hund jemanden im Krankenhaus besucht hatte, hatte er stets eine Wurst mitgebracht.)
Zur Besuchszeit kamen der Bär und die Witwe Olga. Die Witwe Olga brachte dem Hund einen großen, bunten Blumenstrauß.
»Damit es im Zimmer etwas freundlicher ausschaut«, sagte sie.
Der Bär brachte dem Hund ein dickes Buch mit lustigen Geschichten. »Damit du etwas zu lachen hast«, sagte er.
Der Hund war bitter enttäuscht. Aber er ließ es sich nicht anmerken. Ein höflicher Hund erwähnt nicht, dass er mit Geschenken unzufrieden ist und sich ganz etwas anderes gewünscht hätte. Doch als dann der Bär und die Witwe Olga aufbrachen und versprachen, am nächsten Tag wiederzukommen, und fragten, was sie dem Hund morgen mitbringen sollten, sagte der Hund: »Eine lange Wurst, bitte!«
»Eine Wurst?«, rief die Witwe Olga entsetzt.

»Aber werter Hund! Sie sind auf Dünnpfiffdiät: Wurst ist da Gift!«
Der Bär war auch dieser Meinung. »Wurst bekommst du erst, wenn es der Arzt erlaubt«, sagte er.
Am Abend bekam der Hund wieder zwei Stück Zwieback von der Siamkatze. Und statt dem Kamillentee gab sie ihm ein winziges Schüsselchen mit Apfelmus. »Haben wir sonst noch irgendwelche Wünsche?«, fragte sie den Hund.
»Schwester, mein Magen knurrt so«, sagte der Hund schüchtern.
»Wenn der Magen knurrt, sind wir bald wieder gesund«, sagte die Siamkatze. »Dann können wir bald nach Hause gehen!«
»Ach nein«, rief der Hund schnell, »ich habe mich nur versprochen. Nicht der Magen knurrt, der Kopf knurrt.«
»Der Kopf knurrt?« Die Siamkatze schaute erstaunt.
»Zwischen den Ohren«, sagte der Hund, »irgendwo tief drinnen.«
Die Siamkatze holte einen Kugelschreiber aus der Schürzentasche und kritzelte etwas auf das Krankenblatt am Fußende vom Bett des Hundes. Dann wünschte sie dem Hund »eine gute Nacht« und verließ das Zimmer. Der Hund sprang aus dem Bett und schaute nach, was die

Siamkatze auf das Krankenblatt geschrieben hatte. *Schmerzhaftes Knurren im Oberschädel!*, hatte sie geschrieben.
Der Hund wollte ins Bett zurück, doch da hörte er vom Flur her leises Geschepper und Geklirr. Und Duft nach Fleisch witterte seine feine Nase auch. Die Katze teilt das Nachtmahl aus, dachte der Hund. Vor lauter Sehnsucht nach Fleisch lief dem Hund der Speichel im Maul zusammen. Er schlich zur Tür, öffnete sie einen kleinen Spalt und linste auf den Flur hinaus. Direkt vor seiner Tür stand ein Rollwagen mit einem Stapel Teller und einem Topf Matrosenfleisch und einem Besteckkasten voll Messer und Gabeln.
Der Fleischgeruch drang dem Hund so stark in die Nase, dass ihm vor lauter Gier der Speichel aus dem Maul tropfte. Der Hund machte die Tür ein bisschen weiter auf und schaute den Flur hinauf und hinunter. Niemand war zu sehen. Bloß die Stimme der Siamkatze war aus dem Nachbarzimmer zu hören. Sie sagte: »Aber, aber, wir müssen doch essen! Wir machen brav den Mund auf und lassen uns füttern!«
Da riss der Hund die Tür ganz auf, sprang zum Rollwagen hin, nahm einen Teller, füllte ihn randvoll mit Fleisch, fraß in Windeseile den Teller leer, schleckte ihn blitzsauber und stellte ihn auf den Rollwagen zurück. Nun knurrte sein

Rūhe!

Magen nicht mehr. Er huschte in sein Zimmer zurück, legte sich ins Bett und schlief zufrieden ein.
Am nächsten Tag, gleich nach dem Zwieback-Tee-Frühstück, kamen drei Ärzte zum Hund ins Zimmer. Ein sehr dicker Arzt, ein spindeldürrer Arzt und ein normal gewachsener Arzt.
Der sehr dicke Arzt sagte: »Herr Hund, wir haben jetzt Ihre Befunde. Sie sind wieder gesund.«
Der spindeldürre Arzt sagte: »Ihre Bandscheiben sind allerdings etwas abgenützt. Meiden Sie Feuchtigkeit und Kälte.«
Der normal gewachsene Arzt sagte: »Und immer brav durch die Nase einatmen und durch den Mund ausatmen, damit es nicht wieder so einen bösen Husten gibt.«
Der sehr dicke Arzt sagte: »Und wegen dem Bauch würde ich noch zu vier Wochen Schonkost raten.«
Der spindeldürre Arzt sagte: »Also, dann viel Glück für Ihren weiteren Lebensweg.«
»Moment mal«, rief der normal gewachsene Arzt. »Was haben wir denn da?« Er starrte auf das Krankenblatt.
»Schmerzhaftes Knurren im Oberschädel«, las er seinen zwei Kollegen vor.
»Wo genau?«, fragte der sehr dicke Arzt.
»Hier bitte!« Der Hund zeigte auf die Stelle

zwischen den Flatterohren, wo er sich von seiner Frau so gerne hatte kraulen lassen.
»Und seit wann?«, fragte der spindeldürre Arzt.
»Seit Wochen schon«, log der Hund.
»Anfallartig oder permanent?«, fragte der normal gewachsene Arzt.
»Anfallartig«, sagte der Hund, weil er nicht wusste, was »permanent« zu bedeuten hatte.
»Dann müssen wir Sie leider noch ein bisschen hier behalten, Herr Hund«, sagte der sehr dicke Arzt.
»Sie müssen zum Hirnspezialisten«, sagte der spindeldürre Arzt.
»Aber der ist leider auf Urlaub, der kommt erst nächste Woche«, sagte der normal gewachsene Arzt.
Der Hund tat, als wäre er sehr traurig über den verlängerten Krankenhausaufenthalt.
»Kopf hoch«, rief der sehr dicke Arzt und tatschte dem Hund auf den Bauch.
»Länger als eine Woche wird's nicht dauern«, rief der spindeldürre Arzt und zog den Hund aufmunternd am Schwanz.
Und der normal gewachsene Arzt nahm das Krankenblatt und schrieb mit großen Buchstaben quer darüber: *Ab heute normale Kost!*
Da konnte der Hund ein fröhliches Grinsen nicht mehr unterdrücken. Die drei Ärzte freuten

sich darüber und lobten den Hund. Er sei ein einsichtiger, vernünftiger Hund, sagten sie. Solche Patienten, sagten sie, hätten sie gerne.
Nun hatte der Hund am Krankenhausleben nichts mehr auszusetzen. Er bekam von der Siamkatze Fleisch, so viel er wollte. Er konnte schlafen und vor sich hin träumen, so viel er nur wollte. Und die Siamkatze machte ihm jeden Morgen das Bett, und am Nachmittag kamen immer der Bär und die Witwe Olga zu Besuch und brachten ihm eine zusätzliche Extrawurst oder eine Salami, und Schokolade und Karamellen brachten sie ihm auch.
Samstag, am Morgen, als der Hund gerade die Extrawurst fraß, die ihm der Bär am Freitag gebracht hatte, ging die Zimmertür auf, die Siamkatze und ein Pfleger-Pferd rollten das Bett vom Hund zur Seite und holten ein zweites Bett ins Zimmer. In dem Bett lag ein Kater. Ein sehr großer, sehr schwarzer Kater.
»Damit wir Gesellschaft haben«, sagte die Siamkatze. »Immer allein liegen ist nicht vergnüglich!«
Eine vergnügliche Gesellschaft war der Kater jedoch für den Hund nicht, denn er tat nichts anderes als laut schnarchen. Er war noch in Narkose. Und als er dann aus der Narkose erwachte, jammerte er unentwegt vor sich hin: »O Gott, o

Gott, was soll ich denn bloß machen, o Gott, o Gott, was wird denn nun sein, o Gott, o Gott, was soll ich denn bloß machen!«
Bis gegen Mittag hörte sich der Hund das Gejammer an, dann beugte er sich zum Kater hinüber und sagte: »Gar nichts sollen Sie machen, aber zu jammern könnten Sie aufhören!«
»Sie haben leicht reden«, stöhnte der Kater. »Ach, wenn Sie wüssten, ach, wenn Sie wüssten!«
»Sprechen Sie sich aus«, sagte der Hund.
»Ich habe ein Riesenproblem«, stöhnte der Kater. »Ich hab's an der Galle. Ich vertrage kein fettes Fleisch. Aber mageres Fleisch ist teuer. Also kaufe ich mir eben fettes Fleisch. Und dann bekomme ich regelmäßig Gallenanfälle. Meistens kriege ich sie ja mit Wiesenschaumkrauttee einigermaßen wieder hin. Aber heut in aller Herrgottsfrüh überfällt mich die Galle mitten im Supermarkt. Beim Thunfischregal klappe ich einfach zusammen. Und die Rettung kommt und bringt mich hierher!«
»Keine Sorge, hier stirbt man nicht unbedingt«, sagte der Hund, weil er meinte, der Kater habe das gleiche Problem, das er selbst bei seiner Einlieferung gehabt hatte.
»Ist mir sonnenklar«, stöhnte der Kater.
»Aber wo ist dann Ihr Problem?«, fragte der Hund.

»Mein Problem ist daheim«, stöhnte der Kater. »Meine Kinder sind vaterseelenallein!« Der Kater wischte sich über die Augen. »Wissen Sie«, fuhr er fort, »ein Kater hält üblicherweise nicht viel vom Familienleben. Ein Kater pflegt nicht mit einer Frau zusammenzuleben. Ein Kater pflegt viele Katzen zu lieben. Die Katzen bekommen dann die Jungen und ziehen sie groß.«
»Ist mir bekannt«, sagte der Hund.
»Aber seit einem Jahr«, stöhnte der Kater und wischte sich wieder über die Augen, »gibt es diese Katzenbewegung. Die Katzen sind sauer auf die Kater. Sie wollen mit den Katern gleichberechtigt sein. Gleiche Rechte, gleiche Pflichten, sagen sie.«
»Ist irgendwie einzusehen«, sagte der Hund.
»Hab ich ja auch eingesehen«, stöhnte der Kater. »Und darum habe ich mich bereit erklärt, die Jungen aus diesem Frühling großzuziehen. Damit die Katzenmütter ihr eigenes Leben führen können. Ich drücke mich nicht vor den Vaterpflichten! Ich nicht!«
»Das ist sehr schön von Ihnen«, sagte der Hund.
»Aber jetzt liege ich da im Bett«, stöhnte der Kater, »und bin frisch operiert und habe einen Verband um den Bauch, und meine armen Kleinen weinen sich daheim die Augen aus und haben keine Ahnung, wo ihr Papa steckt, und

haben nichts zu essen und haben niemanden, der ihnen eine Gute-Nacht-Geschichte erzählt, und niemanden, der sie tröstet, wenn sie sich fürchten in der Nacht.«
»Haben Sie keine Verwandten?«, fragte der Hund. »Vater, Bruder, Onkel, Schwester, Tante oder Großmutter, die da einspringen könnten?«
»Hab ich, hab ich in Massen«, stöhnte der Kater. »Aber die haben doch alle keinen Familiensinn. Die gehen an mir vorüber, ohne mich überhaupt zu erkennen! Nein, nein«, der Kater schluchzte auf, »meine armen Hascherl müssen ins Katzenheim, o Gott, o Gott, was soll ich bloß machen?«
Der Kater schluchzte zum Herzerweichen, und da der Hund ohnehin ein sehr weiches Herz hatte, rührte ihn der schluchzende Kater-Vater fast zu Tränen. Doch gottlob hatte der Hund nicht nur ein weiches, gutes Herz, sondern auch ein gutes Hirn, das harte Probleme durchdenken konnte. Was soll's, dachte der Hund. Da in Sicherheit herumliegen ist ja ganz nett und beschaulich. Aber schließlich bin ich in die weite Welt gezogen, um mich nützlich zu machen!
»Kater«, sagte der Hund, »ich werde deine Kinder hüten, bis du wieder auf dem Damm bist.«
Der Hund stieg aus dem Bett. »Wo wohnst du?«, fragte er.

Der Kater hörte zu schluchzen auf. »Aber meine Kinder haben Angst vor Hunden«, sagte er.
»Dieses Vorurteil werden sie schon ablegen«, sagte der Hund. »Da bin ich mir ganz sicher!«
Der Hund sagte das sehr zuversichtlich, obwohl er sich gar nicht so sicher war. Bisher waren junge Katzen immer vor ihm davongelaufen.
Der Kater wischte sich wieder über die Augen. »Ich wohne Bognergasse 7«, sagte er. »Im dritten Stock. Also eigentlich auf dem Dach oben.«
»Gib mir den Wohnungsschlüssel«, verlangte der Hund.
»Schlüssel hab ich leider keinen«, sagte der Kater. »Ich hab nämlich nicht so richtig gemietet, ich bin bloß eingezogen.« Der Kater versuchte ein Lächeln. »Dachbodenbesetzung nennt man das, glaube ich.«
»Dann ist also die Dachbodentür offen?«, fragte der Hund.
»Das nicht, lieber Hund«, sagte der Kater. »Du musst beim Gangfenster vom zweiten Stock hinaus. Da ist gleich daneben ein Küchenbalkon. Auf den springst du. Und von dort springst du in die Dachrinne, kletterst dann das Dach hoch und steigst bei der Dachluke ein. Das geht kinderleicht, sage ich dir.«
Dem Hund verschlug es vor Schreck fast die

Sprache, doch er lächelte tapfer dem Kater zu, gab ihm zum Abschied die Pfote und dachte: Irgendwie werde ich das schon schaffen!
»Besten Dank im Voraus«, sagte der Kater gerührt. »Du bist wirklich ein grundgütiger Hund.«
»Aber nein, das ist doch bloß eine kleine Selbstverständlichkeit«, murmelte der Hund und ging zur Tür. Er hatte es nicht gern, wenn ihn jemand lobte. Das machte ihn verlegen.
An der Tür drehte sich der Hund noch einmal um. »Wie viele Kinder hast du eigentlich, Kater?«, fragte er.
»Dreißig«, sagte der Kater.
Der Hund blieb stehen. Leichenblass war er unter dem Fell geworden. »Dreißig?«, wiederholte er und hoffte inständig, sich verhört zu haben.
»Ich hab dir ja gesagt«, erklärte der Kater. »Je fünf Kinder von sechs Katzen, das ist für einen normalen Kater in den besten Jahren der übliche Durchschnitt pro Saison. Ganz tolle Kerle bringen es angeblich sogar auf hundert Kinder im Frühjahr und hundert Kinder im Herbst!«
Am liebsten hätte der Hund kehrtgemacht und sich wieder in sein Bett gelegt, aber ein richtiger Ehrenhund hält stets, was er versprochen hat!
»Soll ich dir noch schnell die Namen meiner Kin-

der aufschreiben, damit du sie auseinander halten kannst?«, fragte der Kater.
»Danke, nein«, sagte der Hund. Er machte die Tür auf und linste hinaus. Den Flur hinauf und hinunter linste er. Er schaute nach der Siamkatze aus.
Der wollte er nicht begegnen.
Die Katze würde mir nur Scherereien machen, sagte er sich. Sie würde behaupten, dass »wir« doch krank seien und auf den Hirnspezialisten warten müssen! Und dann würde sie nach den drei Ärzten schreien, und die würden mir auch wieder erklären, dass ich ins Bett zurückkehren solle! Und bis ich denen dann erklärt hätte, dass mich nichts, aber auch schon gar nichts im Krankenhaus halten könne, wäre es längst Abend, und die dreißig jungen Katzen wären vor Angst und Einsamkeit und Hunger schon halb tot!
Die Siamkatze war nicht auf dem Flur. Nur ein alter Esel in einem getupften Schlafrock tappte auf Krücken dem Klo zu.
»Dann auf bald«, sagte der Hund zum Kater und wieselte aus dem Zimmer, den Flur hinauf, der Treppe zu, die Treppe hinunter, durch die große Halle, an der Portiersloge vorbei, in den Krankenhausgarten hinaus.
»Halt! Stehen bleiben«, rief der Portier hinter ihm her. Da der Hund ja bloß ein Nachthemd

anhatte, war dem Portier klar, dass sich da ein Patient davonmachen wollte.
Der Hund scherte sich nicht um den schreienden Portier. Er flitzte den Kiesweg entlang, bog in einen anderen Kiesweg ein und wieselte einer kleinen Holzhütte zu. Die Holzhütte hatte der Hund von seinem Krankenzimmer aus gesehen. Jeden Morgen hatte er durch das Fenster beobachtet, dass ein Mann in einem grauen Anzug und einem rosa Hemd zur Hütte ging, in der Hütte verschwand und ein paar Minuten später wieder aus der Hütte herauskam. Dann hatte er einen grünen Overall an und trug eine Hacke und eine Schaufel unter dem Arm.
Der Hund sprang in die Hütte hinein. Der graue Anzug und das rosa Hemd vom Krankenhausgärtner hingen an einem Haken auf der Innenseite der Hüttentür. Der Hund schloss die Hüttentür. Er schlüpfte aus dem Nachthemd und zog das rosa Hemd an und den grauen Anzug. Den obersten Hemdknopf konnte er leider nicht schließen. Sein Hals war zu dick. Und den Bauch musste er gewaltig einziehen, um den Hosenzipp hochzubekommen. Aber ansonsten passten die Sachen vom Krankenhausgärtner dem Hund tadellos.
Der Hund verließ die Holzhütte. Er ging aber nicht zum Krankenhauseingang zurück, denn er

sagte sich: Vielleicht hat der Portier die Siamkatze verständigt. Vielleicht steht die Siamkatze schon beim Krankenhaustor und hält Ausschau nach mir!
Der Hund lief, quer über den Rasen, zur Hinterseite vom Krankenhausgarten und sprang dort über den Zaun. Hinter dem Zaun war ein schmaler Weg, den galoppierte er entlang und kam zu einem breiten Weg. Den galoppierte er auch entlang und kam zu einer großen Straße.
Der Hund lehnte sich an die eiserne Stange einer Autobus-Haltestellentafel und verschnaufte. Er schaute zum Krankenhaus zurück. Er sah das Dach vom Krankenhaus hinter den Baumkronen der großen Krankenhausgartenbäume.
»Die Zeit im Krankenhaus«, sprach der Hund zu sich, »war alles in allem gar keine so schlechte Zeit. Aber nun beginnt ein neuer Lebensabschnitt.« Dann seufzte der Hund und murmelte ganz leise: »Leider!«
Er hatte einen ziemlichen Bammel davor, Pflegevater von dreißig Katzenkindern zu werden.

5. Kapitel

Der Hund wird Pflegevater

Der Hund stand ziemlich ratlos an der Straßenecke bei der Haltestellentafel. Nicht nur dass er sich vor seinem Job als Katzenkinder-Pflegevater fürchtete, er hatte auch überhaupt keine Ahnung, welche Richtung er nun einschlagen sollte. Er kannte sich ja in der Stadt nicht aus. Sollte er die Straße hinaufgehen? Oder sollte er die Straße hinuntergehen? So redete der Hund eine Henne an, die mit einer Einkaufstasche über die Straße auf ihn zukam.

»Werte Frau«, sprach der Hund, »kennen Sie die Bognergasse?«

»Natürlich kenne ich die«, sagte die Henne. »Die ist in der Stadt drinnen. Mitten in der Stadt.«

»Und wo ist mitten in der Stadt?«, fragte der Hund. »Dort oder dort?« Der Hund zeigte mit einer Pfote die Straße hinauf und die Straße hinunter.

»Dort«, sagte die Henne und zeigte zum Krankenhausdach hin. »Dort hinter dem Krankenhaus, ein gutes Stück noch.«

»Ich bin nämlich fremd hier«, sagte der Hund. »Es ist trotzdem einfach«, sagte die Henne. »Sie bleiben hier stehen und warten, bis der Autobus kommt. Und in den steigen Sie ein und fahren eins, zwei, drei, vier, fünf, sechs Stationen. Und dann steigen Sie aus und gehen noch eins-, zwei-, drei-, viermal um die Ecke und sind in der Bognergasse.« Die Henne nickte dem Hund zu und ging weiter.

Zum Autobusfahren, dachte sich der Hund, brauche ich aber etwas Geld. So schaute der Hund in den Taschen vom Krankenhausgärtneranzug nach, ob da vielleicht ein bisschen Kleingeld zu finden sei. Er fand mehr als ein bisschen Kleingeld. Er fand einen Personalausweis auf den Namen *Otto Ottermann*, einen Bund Schlüssel, ein Feuerzeug, eine Stromrechnung und eine Brieftasche mit ziemlich vielen Geldscheinen. »Ihr seid ein echter Glücksfall«, sagte der Hund zu den Geldscheinen. »Euch borge ich mir. Da kann ich gleich Futter für meine Pflegekinder kaufen.«

Der Hund lief die Straße hinauf, bis er zu einem Supermarkt kam. In dem kaufte er fünfzehn Dosen Katzenfutter und einen Dosenöffner.

Als der Hund aus dem Supermarkt kam und zur Autobushaltestelle zurückgehen wollte, sah er zweierlei: Erstens sah er an der einen Straßen-

ecke zwei Polizisten stehen und zweitens sah er an der anderen Straßenecke ein Taxi stehen.
Der Hund flitzte zur Straßenecke, wo das Taxi stand, sprang ins Taxi und rief dem Fahrer zu: »Bognergasse 7, mitten in der Stadt!«
Der Taxifahrer nickte und fuhr los. Weit ist es mit mir gekommen, dachte der Hund. Unerlaubtes Nächtigen in einer Schule, Amtsanmaßung als falscher Lehrer, gelogenes Kopfknurren und jetzt auch noch Diebstahl von Gärtnerkleidern und Gärtnergeld!
Der Hund seufzte tief. Er war mit seinem Lebenswandel überhaupt nicht einverstanden.
Die Bognergasse war eine enge Gasse, mitten in der Altstadt. Das Haus Nummer 7 war unbewohnt. Der Hund merkte es an den Fensterscheiben. Etliche Fensterscheiben waren kaputt. Und die, die heil waren, waren total verdreckt.
»Wollen Sie am Ende die alte Bude kaufen?«, fragte der Taxifahrer den Hund.
»Da sei der weise Urhund davor«, wehrte der Hund ab. »Bloß nicht! Ich soll hier nur die Kinder von einem Kater versorgen. Die sind auf dem Dachboden oben und haben keine Ahnung, dass ihr Papa an der Galle operiert worden ist und im Krankenhaus liegt.« Der Hund gab dem Taxifahrer einen Geldschein.
»Lassen Sie das lieber bleiben, werter Herr

Hund«, rief der Taxifahrer. Er gab dem Hund ein paar Münzen zurück. Der Hund steckte die Münzen ein. Sonst gab der Hund beim Taxifahren immer ein reichliches Trinkgeld, doch mit dem Geld vom Gärtner wollte er sparsam umgehen.

»Ich kann es leider nicht bleiben lassen«, sagte der Hund zum Taxifahrer. »Ich habe es versprochen.«

Der Taxifahrer deutete zum Haustor hin. Dort klebte ein Schild:

EINSTURZGEFAHR!
BETRETEN STRENGSTENS
VERBOTEN!

stand auf dem Schild.

»Der Kater ist schließlich auch raus und rein«, sagte der Hund.

»Aber ein Kater, auch ein fetter«, sagte der Taxifahrer, »ist ein Fliegengewicht gegen Sie, werter Herr Hund.«

Der Hund seufzte und murmelte: »Versprochen ist versprochen.« Er nahm die Tragetasche mit den Katzendosen unter den Arm, kletterte aus dem Taxi und ging tapfer dem Haustor zu.

»Das schau ich mir an!«, rief der Taxifahrer. Er stellte den Motor ab, stieg aus dem Taxi und ging hinter dem Hund her.

Der Hund öffnete das Haustor. Das Haustor knarrte laut und allerhand Mauerwerk rieselte auf den Hund herab.
»Lassen Sie es bleiben«, warnte der Taxifahrer.
Der Hund schüttelte den Schädel und marschierte den Hausflur entlang. Der Taxifahrer marschierte hinter ihm her. Sie kamen zu einer Wendeltreppe. Vorsichtig stieg der Hund auf die erste Stufe. Die Stufe knarrte. Noch vorsichtiger stieg der Hund auf die zweite Stufe. Die Stufe krachte. Der Hund hob ein Hinterbein und stellte es auf die dritte Stufe. Die Stufe brach unter seiner Pfote ein.
»So geht es nicht«, sagte der Hund und trat den Rückzug an.
»Hab ich ja gleich gesagt«, rief der Taxifahrer.
»Es muss aber irgendwie gehen«, sagte der Hund. Kurz dachte er nach, dann rief er: »Ich hab's schon! Ich versuche es über das Dach vom Nachbarhaus!«
»Das schau ich mir an«, sagte der Taxifahrer und folgte dem Hund – aus dem Haus hinaus und ins Nachbarhaus hinein.
Das Nachbarhaus war nicht baufällig. Der Hund stieg die Treppe hinauf, der Taxifahrer folgte ihm. Als sie bei der Dachbodentür oben waren, ging im Stockwerk darunter eine Wohnungstür auf und eine fette, weiße Hündin kam

die Treppe hoch. In der einen Vorderpfote schwang sie einen Fleischklopfer und in der anderen Vorderpfote hatte sie eine gusseiserne Bratpfanne. »Hab ich euch Gesindel endlich erwischt«, kreischte sie. »Na, wartet nur, jetzt hat euer letztes Stündchen geschlagen.«

Der Hund flitzte in den Dachboden, der Taxifahrer flitzte hinter ihm her.

Auf dem Dachboden war es dämmrig. Der Hund verkroch sich hinter altem Gerümpel. Der Taxifahrer versteckte sich hinter einer Wäscheleine mit Leintüchern.

Die fette, weiße Hündin blieb bei der Dachbodentür stehen. »Seit vier Wochen lauere ich auf euch«, keifte sie.

»Gute Frau, das muss ein Irrtum sein«, rief der Hund hinter dem Gerümpel hervor. »Ich beschwöre es! Wir sind wirklich zum ersten Mal hier!«

»Einen Schmarrn«, keifte die Hündin. »Jede Nacht kommt ihr und stehlt mir was. Vorgestern war's meine Pendeluhr! Vorvorgestern war's mein Nachttopf. Und die Nacht davor waren's drei Sofakissen. Bloß gestern wart ihr nicht da!«

»Das waren nicht wir, Ehrenwort«, rief der Hund. Er konnte sich gut ausrechnen, wer sich da altes Dachgerümpel besorgt hatte. Garantiert war der Kater über das Dach herüberge-

kommen und hatte sich ein paar Sachen für seinen Hausstand besorgt.
»Das Ehrenwort von Dieben ist keinen Pfifferling wert«, keifte die Hündin.
»Und übrigens, gute Frau«, rief der Hund, »warum greinen Sie so? Wenn Sie die Sachen auf dem Dachboden abgestellt haben, dann brauchen Sie den Kram doch sowieso nicht!«
»Eigentum bleibt Eigentum«, keifte die Hündin. Und dann rief sie: »Ach, was streite ich mich mit euch Gesindel denn überhaupt herum.« Sie schlug die Dachbodentür zu und drehte den Schlüssel im Schloss. »Mit Gaunern wie euch wird die Polizei besser fertig«, brüllte sie und lief die Treppe hinunter.
Der Taxifahrer kam hinter der Wäscheleine hervor und lachte. »So was von einer alten Keifmadam«, kicherte er.
»Sie finden das lustig?«, fragte der Hund. Seine Stimme war ziemlich zittrig.
»Aber natürlich«, kicherte der Taxifahrer. »Die Polizei soll ruhig kommen. Ich bin ein unbescholtener Taxifahrer und habe nichts Unrechtes getan.«
»Aber ich bin ein bescholtener Hund und habe in letzter Zeit allerhand Unrechtes getan und lege keinen Wert auf ein Treffen mit Polizisten«, sagte der Hund.

Der Hund schnappte die Tragetasche und ging zu einer Dachbodenluke hin. Er öffnete sie und kletterte aufs Dach hinaus.
»Was haben Sie im Sinn, werter Herr Hund?«, fragte der Taxifahrer.
»Die Katzenkinder zu füttern, habe ich im Sinn«, sagte der Hund. »Deswegen bin ich schließlich hier.«
Der Hund stand auf dem Dach und schaute sich um. Hinter ihm war die Dachluke. Vor ihm war die Dachrinne. Zu seiner rechten Seite, am Ende des Dachs, war eine hohe Feuermauer. Zu seiner linken Seite, am Ende des Dachs, war das Dach, unter dem die Katzenkinder wohnten.
»Wenn ich bloß schwindelfrei wäre«, murmelte der Hund. Er nahm die Tragetasche an den Henkeln ins Maul und tappte auf allen vieren und mit geschlossenen Augen nach links.
»Das schau ich mir an«, hörte er die Stimme vom Taxifahrer hinter sich. Der Hund wollte dem Taxifahrer sagen, dass er im Dachboden bleiben möge, dass er nicht aufs Dach klettern solle, weil das zu gefährlich sei. Der Hund öffnete das Maul, die Taschenhenkel rutschten zwischen seinen Zähnen durch, die Tragetasche fiel aufs Dach, die Futterdosen rollten heraus, kullerten in die Dachrinne, sprangen über den Rand der Dachrinne und sausten in die Tiefe.

»Was soll denn das?«, hörte der Hund jemanden unten auf der Straße brüllen. »Sind die da oben verrückt?«
Der Hund öffnete die Augen. Weil er nicht schwindelfrei war, sah er ein Hausdach, das sich unheimlich schnell um ihn herum drehte. Ein ziegelrotes Hausdach mit einer Dachluke, aus der der Kopf vom Taxifahrer herausschaute. Als ob er auf einem Karussell säße, kam sich der Hund vor. Nur fand er das nicht so lustig wie Karussellfahren.
»Ruhig Blut, jetzt nicht die Nerven verlieren«, redete sich der Hund gut zu. »Ein alter Hund mit Lebenserfahrung wird doch nicht gleich durchdrehen!« Der Hund schloss die Augen wieder, atmete dreimal tief durch und machte die Augen wieder auf. Nun drehte sich das Dach nicht mehr um ihn herum. Es schwankte bloß ein bisschen, und der Hund sah, dass er schon nahe am Katzendach war. Bloß zwei Meter war er noch vom Nachbardach entfernt.
»Jetzt oder nie«, sagte der Hund streng zu sich, streckte den Schwanz senkrecht in die Höhe und setzte mit einem gewaltigen Sprung zum Nachbardach über. Unter seinen Pfoten krachte es, Dachziegel splitterten, Dachstuhlholz krachte, der Hund plumpste durch ein großes Loch in den Dachboden.

Zuerst konnte der Hund vor lauter aufgewirbeltem Staub überhaupt nichts sehen. Doch dann wurden die Staubwolken durchsichtiger, und der Hund sah, dass er auf dem Dachboden, mitten auf einem alten Sofa, gelandet war. Und er sah auch seine Pflegekinder. Die hockten, auf einen Haufen beieinander, in einem Dachbodenwinkel. Der Katzenhaufen zitterte.
»Liebe Katzenkinder«, sagte der Hund, »hört zu zittern auf, ich will euch wirklich nichts Böses. Euer lieber Papa schickt mich. Warum er nicht selbst kommt, erkläre ich euch später. Jetzt müssen wir erst einmal weg von hier. Sonst landet ihr im Katzenheim und ich im Gefängnis.«
Der Hund schaute sich auf dem Dachboden um und fragte sich, wie er bloß aus der total beschissenen Lage herauskommen sollte. Er dachte: Wenn ich mit meinen Pflegekindern über das Dach auf den anderen Dachboden zurückkehre, wartet die Alte mit dem Fleischklopfer auf uns. Und wenn ich die Dachbodentür hier aufbreche und über die Treppe hinunterwill, kracht die Treppe unter mir zusammen! Und wenn wir hier bleiben, kommen bald die Polizisten. Und die holen die Feuerwehr, und die Feuerwehr kommt mit der langen Leiter, und die Polizisten klettern über die Leiter zu mir herauf und nehmen mich fest!

Sehr ratlos war der Hund. Und richtig verzweifelt. In so einer ausweglosen Lage war er noch nie gewesen. Und dazu fing nun der zittrige Katzenhaufen auch noch zu mauzen und zu wimmern an. Ganz deutlich konnte der Hund aus dem Gewimmer und dem Gemauze »Hunger« heraushören.
»Liebe Kinder«, sagte der Hund und versuchte seiner Stimme einen heiteren Klang zu geben, »wir haben ein paar kleine Schwierigkeiten zu überwinden, bevor ihr das Frühstück bekommt. Ihr müsst mir ein bisschen denken helfen. Könnt ihr das?«
Eine kleine weiße Katze kroch aus dem Katzenhaufen heraus, tapste ein paar Schritte auf den Hund zu und mauzte: »Meinem Papa habe ich immer denken geholfen. Angeblich bin ich die Klügste von uns allen.«
»Fein«, sagte der Hund. »Es geht darum, dass wir von hier wegmüssen. Dass ich aber nicht über die Treppe kann, weil ich zu schwer bin. Wir brauchen einen anderen Weg nach unten!«
Die kleine weiße Katze nickte. Sie kniff die Augen zusammen und dachte nach.
Eine kleine schwarze Katze kroch aus dem Katzenhaufen, tapste auch ein paar Schritte auf den Hund zu und mauzte: »Sie ist gar nicht so klug. Sie tut nur immer so! Weil sie Papas Liebling ist!

In Wirklichkeit bin ich klüger. Und ich kenne auch einen zweiten Weg nach unten.« Die kleine schwarze Katze sprang zu einem Kamin hin und legte die Pfote auf die Kamintür. »Von hier aus geht es auch nach unten. Aber leider ohne Treppen.«

»Du bist wirklich ein kluges Kind«, rief der Hund. Er stand vom Sofa auf und ging zum Kamin. Die Kamintür war sehr klein. Nicht einmal den Schädel konnte der Hund in den Kamin stecken.

»Da hilft nur rohe Gewalt«, murmelte der Hund, riss die Kamintür aus den Angeln und trat mit einer Hinterpfote so lange gegen die Kaminmauer rund um das Türloch, bis die Ziegelsteine nachgaben und so viele von ihnen in den Kamin purzelten, dass ein Loch entstand, das auch für den Hund groß genug zum Hineinschlüpfen war.

Dann nahm der Hund ein altes Wäscheseil, das neben dem Kamin lag. Das eine Ende vom Wäscheseil legte er, wie einen Gürtel, um den Kamin und knotete es fest. Das andere Seilende ließ der Hund in den Kamin gleiten. Mindestens sechs Meter Wäscheseil baumelten in den rußschwarzen Schacht hinunter.

»So, liebe Kinder«, sprach der Hund, als er das geschafft hatte. »Ich klettere jetzt hinunter, und wenn ich unten bin, dann rufe ich nach euch, und dann kommt ihr mir nach. Klettern könnt ihr doch, oder?«

»Kann ich«, sagte die weiße Katze.

»Kann ich«, sagte die schwarze Katze.

»Können wir auch«, mauzte der Katzenhaufen, der jetzt gar nicht mehr zitterte.

Der Hund stieg in den Kamin. Kohlrabenschwarz war es um ihn herum. Ziemlich eng war der Kamin auch. Der Hund kletterte, am Wäscheseil entlang, abwärts. Viel Ruß kam ihm ins Maul und in die Nase. Er musste husten und niesen. Endlich bekam er Boden unter die Füße. Mit den Vorderpfoten tastete er die Kaminwände ab und spürte zwischen rauem Mauerwerk ein Stück glattes Blech.

Das muss die untere Kamintür sein, dachte der Hund. Er hob eine Hinterpfote und trat gegen das Blech. Zehnmal und mit aller Kraft trat er, dann gab das Blech nach. Die Kamintür schwang auf und ein bisschen Licht drang zum Hund herein.

Der Hund trat wieder, so wie er es auf dem Dachboden gemacht hatte, gegen das Mauerwerk rund um das Türloch, doch diesmal war die Mauer viel dicker und viel fester. Sie gab nicht nach. So drehte sich der Hund um, stützte sich mit den Hinterpfoten an der gegenüberlie-

genden Mauer ab und presste sein Hinterteil gegen das Kamintürloch. Er presste so stark, dass ihm der Schweiß am ganzen Leibe ausbrach und die Tränen in die Augen traten. Und er hatte Erfolg. Ziegel fielen aus der Mauer, hell wurde es um ihn herum, er machte einen Purzelbaum rückwärts und saß mitten in einem großen Zimmer auf dem Fußboden.
Gern wäre er ein wenig sitzen geblieben und hätte verschnauft, doch er rappelte sich hoch, wankte zum Kamin und brüllte hoch: »Ihr könnt kommen, Kinder, aber schön brav, eins nach dem andern. Nur nicht drängeln!«
Kaum eine Minute später waren dreißig kohlrabenschwarze Katzenkinder um den Hund herum. Alle waren sie kohlrabenschwarz. Die weißen, die gefleckten, die geringelten und die getigerten auch. Der Ruß hatte sie eingefärbt. Und der Hund war genauso kohlrabenschwarz.
Das Zimmer hatte ein Fenster zum Hof hin. »Mir nach«, rief der Hund und sprang aus dem Fenster.
Die dreißig Katzenkinder wieselten hinter dem Hund her, aus dem Fenster, quer durch den Hof, über die Abfalltonnen und eine Mauer in einen anderen Hof, durch einen Hausflur über eine Gasse und durch ein offenes Kellerfenster in einen Kohlenkeller hinein. Total erschöpft san-

ken der Hund und die Katzen dort auf einen großen Kohlenhaufen.
»Alles abzählen«, sagte der Hund. »Oder könnt ihr nicht bis dreißig zählen?«
»Nur bis zehn«, sagte die Katze, die den guten Einfall mit dem Kamin gehabt hatte.
»Dann dreimal bis zehn abzählen«, sagte der Hund.
Die Katzen zählten dreimal bis zehn ab. Keine war verloren gegangen.
»Und jetzt schlafen wir ein wenig«, sagte der Hund. »Weil wir alle nämlich sehr erschöpft sind.«
»Wir sind zu hungrig«, mauzte die Katze, die Papas Liebling war. »Wenn man hungrig ist, kann man nicht einschlafen.
Und eine andere Katze mauzte: »Fang uns doch ein paar Mäuse. Wenn Papa kein Geld hat, fängt er uns auch immer Mäuse.«
»Ja, ja, fang uns Mäuse«, riefen alle Katzen.
»Ihr seid ja verrückt«, rief der Hund. »Ich bin ein gutbürgerlicher Hund. Solch urtümliche Sitten sind mir fremd.«
Da fingen alle dreißig Katzen zu schluchzen an. Es klang zum Steinerweichen.
»O.K.«, brummte der Hund. »Ich will's halt versuchen.« Er stieg vom Kohlenhaufen und schnupperte sich quer durch den Keller. Nir-

gendwo roch es nach Maus. Nicht einmal ein Mauseloch war zu sehen. Aber der Hund entdeckte etwas viel Besseres als ein Mauseloch. Ein Regal mit Flaschen und Konservendosen und einem Sack Erdäpfel entdeckte er. Und neben dem Regal stand noch ein Sack mit Zwiebeln und eine Steige mit Eiern.
Der Hund holte den Dosenöffner aus der Rocktasche und drei Büchsen mit Cornedbeef aus dem Regal. Die Katzen fingen aufgeregt zu schnurren an. Der Hund öffnete die Dosen. Im Nu war das Cornedbeef weggefressen.
Der Hund holte drei Dosen Kalbsgulasch vom Regal und öffnete sie. Im Nu war auch das Kalbsgulasch weggefressen. Der Hund holte drei Dosen Leberpastete vom Regal und öffnete sie. Im Nu war auch die Leberpastete verputzt. Der Hund verfütterte an die Katzen noch drei Dosen Bückling und drei Dosen Thunfisch mit Gemüse. Dann schlug er ihnen dreißig Eier auf, und als die weggeschleckt waren, sagte er: »Jetzt reicht's aber!«
Die Katzen sahen das ein. Mit dicken Bäuchen sprangen sie auf den Kohlenhaufen und schliefen ein. Auch der Hund machte ein Nickerchen. Als er munter wurde, war es stockfinster vor dem Kellerfenster. Die Katzen schliefen noch immer. Der Hund gähnte, tappte leise zum Regal,

nahm den Erdäpfelsack und leerte ihn aus, nahm den Zwiebelsack und leerte ihn aus, tappte zum Kohlenhaufen zurück und steckte, ganz behutsam und sanft, fünfzehn Katzen in den einen Sack und fünfzehn Katzen in den anderen Sack. Er machte das so vorsichtig, dass keine Katze aufwachte. Dann schulterte er die beiden Säcke und kletterte, über den Kohlenhaufen, aus dem Keller. Und schlich, immer dicht an den Hausmauern, die Gasse entlang. Er kam zu einem Platz mit einer Kirche. Die Kirche habe ich schon einmal gesehen, dachte der Hund. Wie ich mit dem Bären zur Witwe Olga gefahren bin, sind wir an dieser Kirche vorbeigekommen! Und dann sind wir nach links abgebogen!
Der Hund schlich nach links und kam zu einem großen Platz. Den hatte er – auf der Fahrt zur Witwe Olga – auch schon gesehen. An der großen Uhr, mitten auf dem Platz, erkannte er ihn wieder. Von da aus, dachte der Hund, sind wir nach rechts abgebogen. Der Hund schlich nach rechts. Als er zu einem Denkmal kam, zu einem steinernen Mann mit Bart, atmete er erleichtert auf. Hinter dem Denkmal war ein Park, und hinter dem Park, daran konnte sich der Hund genau erinnern, stand das Haus der Witwe Olga. Der Hund fing vor Freude eines seiner Lieblingslieder zu pfeifen an und wieselte durch den Park.

In der Küche der Witwe Olga brannte Licht. Der Hund klopfte an das Küchenfenster.
Die Witwe Olga kam ans Fenster. »Schwager Bär«, kreischte sie los, »im Vorgarten steht ein schwarzes Ungeheuer!«
Doch der Bär erkannte seinen Freund sofort. Er lief zur Haustür und ließ ihn ein.
Der Hund trat ins Vorzimmer, stellte die Säcke ab, holte die zweimal fünfzehn schlafenden Katzen heraus, legte sie auf den Fußboden und sagte: »Witwe Olga, entschuldigen Sie, ich weiß nicht, wohin ich sonst mit den Kinderchen soll!«
Die Witwe Olga starrte den verdreckten Hund an, dann starrte sie die dreißig verdreckten, verrußten Katzen an, und dann verlangte sie: »Tun Sie die Bälger sofort in die Säcke zurück!«
»Ich habe Sie für gütig gehalten«, sagte der Hund traurig.
»Bin ich auch«, sagte die Witwe Olga, »aber auch die gütigste Güte hat Grenzen. Bringen Sie die verdreckten Bälger ins Katzenheim!«
»Pfui Teufel«, rief da der Bär, »Schwägerin, ich bin bitter enttäuscht von dir. Du hast immer behauptet, du seist kinderlieb!«
»Kinder«, rief die Witwe Olga, »sind für mich Menschenkinder und Bärenkinder.
»Dreimal pfui Teufel«, rief der Hund, »Kinder

sind Kinder! Und wer da einen Unterschied macht, der ist ein Schwein!«
»Ha!«, brüllte die Witwe Olga. »Mir wirfst du vor, dass ich was gegen Katzen habe, und du benutzt Schweine zu Schimpfzwecken!«
Von der Brüllerei wurden die Katzenkinder

munter. Der Hund wollte sie in die Säcke zurücktun, doch muntere Katzenkinder haben etwas gegen Säcke. Als sich der Hund zwei Katzen geschnappt hatte, waren die anderen davongesaust. Eine versteckte sich unter dem Sofa, zwei verkrochen sich im Schrank, drei sprangen auf die Hutablage, vier kletterten die Vorhänge hoch, fünf verkrochen sich im Bett, sechs sprangen auf den Tisch und von dort zur Lampe, und sieben wieselten in die Besenkammer. Und die

zwei, die sich der Hund geschnappt hatte, schlüpften ihm auch durch die Pfoten und flitzten hinter den Ofen.
Der Hund holte die sieben Katzen aus der Besenkammer und tat sie in einen Sack. Dann stieg er auf den Tisch und holte die sechs Katzen von der Lampe. Als er mit den sechs Katzen zum Sack kam, waren die sieben Katzen schon wieder aus dem Sack draußen. Auf der Hutablage hockten nun zehn Katzen.
»So wird das nichts«, schnaufte der Hund. Er steckte die sechs Katzen in einen Sack und hielt dem Bären den Sack hin. »Freund Bär«, sagte er. »Sei so nett und halte den Sack zu.«
Der Bär schüttelte den dicken Schädel. »In einen Sack gehören Erdäpfel oder Zwiebeln«, brummte er. »Kinder darf man nicht wie Erdäpfel und Zwiebeln behandeln.«
Der Bär tappte in die gute Stube, setzte sich aufs Sofa und rief: »Kinder, seid vernünftig. Kommt! Die Witwe Olga ist eine harte Frau ohne Herz. Sie jagt uns hinaus ins bittere Leben.«
Da fingen alle Katzenkinder zu jammern an. Eins rief: »Wir brauchen Nestwärme!«
Eins rief: »Wir sind zu jung fürs bittere Leben!«
Das Katzengejammer war zum Steinerweichen. Die Witwe Olga hielt sich die Ohren zu. Sie wollte nicht weich werden. Doch für dreißig

Katzenstimmen reichen zwei Hände als Schalldämpfer nicht aus. Die Witwe Olga gab nach. Sie ließ sich aufs Sofa plumpsen und brüllte, das Katzengejammer übertönend: »Ihr könnt hier bleiben!«

Vor lauter Freude umarmte der Hund die Witwe Olga. Davon wurde sie ziemlich dreckig. Aber so passte sie wenigstens zum Hund und zu den Katzen. Und zu ihrem Haus auch. Im ganzen Haus nämlich gab es kein sauberes Plätzchen mehr. Beim Herumwieseln und Herumwuseln hatten die Katzen alles eingedreckt. Auch der Hund hatte, kreuz und quer durchs Haus, schwarze Pfotenspuren hinterlassen. Die Witwe Olga befreite sich aus der Hundsumarmung, erhob sich und sprach: »Dann wollen mir mal!«

»Was wollen wir mal?«, fragte der Bär.

»Sauber machen«, sagte die Witwe Olga. »Zuerst den Hund, dann die Katzen, dann das Haus.«
Brav marschierte der Hund ins Badezimmer. Die Witwe Olga schmierte ihn mit Seife ein, bürstete ihn mit der Wurzelbürste und duschte ihn ab. Dem Hund machte das nichts aus. Er mochte Wasser und hatte auch nichts gegen Seife. Doch die Katzen erschraken sehr, als sie sahen, was die Witwe Olga mit dem Hund anstellte. Zitternd sprangen sie dem Bären auf den Schoß. Eine rief: »Wir brauchen Nestwärme, keine Nestnässe!«
Eine rief: »Wir brauchen Streicheleinheiten. Aber nicht mit der Wurzelbürste!« Eine rief: »Da kann ja das bittere Leben nicht schlimmer sein!« Und die anderen siebenundzwanzig riefen: »Weg von hier, nichts wie weg von hier!«
»Sachte, sachte«, brummte der Bär. »Schleckt euch einfach den Dreck weg, bevor die Schwägerin aus dem Bad kommt.«
»Das können wir noch nicht«, rief eine Katze.
»Das müssen wir erst lernen«, rief eine Katze.
»Unser Papa hat uns immer saubergeleckt«, rief eine Katze. Und die anderen siebenundzwanzig Katzen riefen: »Wir wollen zum Papa!«
Der Bär seufzte. Dann sagte er: »Alles antreten zum Abschlecken!«

Der Bär leckte alle dreißig Katzen sauber. Von den Schnauzen bis zu den Schwanzspitzen. Ziemlich übel im Magen wurde ihm davon, weil er viel Ruß und Dreck und Katzenhaare schluckte. Doch als die Witwe Olga mit dem sauberen Hund in die gute Stube kam, waren auch alle dreißig Katzenkinder blitzsauber. Stolz rief der Bär: »Schwägerin, wir haben schon gebadet.«
Die Witwe Olga wollte das nicht gelten lassen. Nur Seife und Wasser, erklärte sie, mache sauber. Da wurde der Bär wild. Ob es nicht ins Spatzenhirn der Schwägerin hineingehe, brüllte er, dass man Katzen auf Katzenart zu behandeln habe. Und die Witwe Olga brüllte, ob es nicht ins Spatzenhirn des Schwagers hineingehe, dass sie das alles viel besser wisse. »Ich bin schließlich eine Frau«, brüllte sie. »Und auch wenn ich nie eigene Kinder gehabt habe, so habe ich doch ein mütterliches Herz, und das sagt mir, was den Kleinen Not tut!«
»Und ich bin schließlich ein Mann«, brüllte der Bär. »Und auch, wenn ich nie eigene Kinder gehabt habe, so habe ich doch ein väterliches Herz, und das sagt mir, was den Kleinen Not tut!«
Da bellte der Hund dreimal ganz laut. So laut, dass der Bär und die Witwe Olga verstummten.

Dann sagte er: »Und ich bin ein Vater, der zusammen mit einer Mutter viele eigene Kinder gehabt hat. Und ich sage euch, nichts ist schlimmer für die Kleinen als Zank und Hader. Der verdreckt die Seelen. Und Seelendreck ist nicht mehr wegzukriegen. Den kann man nicht abschlecken. Und Seife und Wasser richten da auch nichts aus.«
»Ist wahr, alter Freund«, brummte der Bär. »Kein lautes Wort soll mir mehr entfahren.«
»Mir auch nicht«, gelobte die Witwe Olga. Sie holte Putzlappen und Eimer, Schaufel und Kehrbesen, Wischtuch und Schwamm und machte sich über die schwarzen Pfotenspuren her.
Erst nach Mitternacht war das Haus wieder blitzblank. Da schliefen die Katzenkinder längst schon. An den Bauch vom Hund gekuschelt, auf dem Sofa, schliefen sie. Angenehm war das für den Hund nicht, denn er wagte sich nicht zu bewegen – aus Angst, ein Katzenkind zu erdrücken. Aber er sagte sich: Wenn es Jungkatzenart ist, am Elternbauch zu schlafen, dann muss ich das durchstehen. Als Pflegevater habe ich alles zu tun, was im Interesse meiner Pflegekinder ist!

6. Kapitel

Der Hund und der Bär verkleiden sich

Mit steifem Kreuz erwachte der Hund am nächsten Morgen. Die Katzen schliefen noch. Vorsichtig hob der Hund eine nach der anderen von seinem Bauch und legte sie aufs Sofa und deckte sie mit seiner Jacke zu. Er rappelte sich hoch, machte zehn Kniebeugen gegen das steife Kreuz und ging dann in die Küche. Dort saßen der Bär und die Witwe Olga beim Frühstück. Der Hund setzte sich zu ihnen. Die Witwe Olga schenkte ihm Kaffee ein in ein Häferl und schnitt ihm eine dicke Scheibe vom Gugelhupf.
»Danke, liebe Witwe«, sagte der Hund und mampfte drauflos.
Der Bär klopfte ihm auf die Schulter. »Lass das, lieber Freund«, rief er.
»Aber ich habe Hunger«, rief der Hund mit vollen Backen. »Gegen Hunger hilft nur Essen.«
»Das Schwanzwedeln sollst du lassen«, rief der Bär.
»Das tue ich immer, wenn ich mich wohl fühle«, sagte der Hund. »Stört es dich?«

»Mich nicht«, sagte der Bär. »Aber wir haben Katzen zu erziehen.«
»Und?«, fragte der Hund.
»Es ist nicht Katzenart, mit dem Schwanz zu wedeln, wenn man sich wohl fühlt«, sagte der Bär. »Katzen wedeln mit dem Schwanz, wenn sie böse sind. Wenn sich die Kinder von dir das freudige Schwanzwedeln angewöhnen, stehen sie später einmal, im harten Katzenleben schön blöd da! Sie wollen zu einer anderen Katze freundlich sein und wedeln. Aber die andere Katze hat keinen Hundsvater gehabt und muss daher glauben, dass sie bedroht wird, und fängt zu fauchen an. Verstehst du, lieber Freund?«
Der Hund verstand und versprach, das Schwanzwedeln sein zu lassen.
»Und unsere Schlafgewohnheiten müssen wir auch umstellen«, sagte der Bär. »Katzen sind Nachttiere, schlafen am Tage, spazieren in der Nacht herum. Es wäre fatal, wenn wir ihnen einen verkehrten Lebenswandel angewöhnen wurden.«
Der Hund sah das ein und gelobte, ab nun des Nachts zu wachen und am Tage zu schlafen.
»Und unsere Stimmen müssen wir auch ändern«, fuhr der Bär fort. »Brummen und Bellen und Drauflosschnattern taugt nicht für Katzenohren.«

»Ich kann doch nicht schnurren lernen«, rief die Witwe Olga.
»Natürlich kannst du«, sagte der Bär.
»Ich will aber nicht«, sagte die Witwe Olga.
»Schau, Schwägerin!« Der Bär stupste der Witwe Olga eine Pfote in den Bauch. »Kinder lernen, indem sie nachmachen, was sie bei den Erwachsenen sehen und hören. Wir wollen doch keine Katzen großziehen, die bellen und brummen und schnattern, oder?«
»O.K.«, seufzte die Witwe Olga. »Ich will's halt versuchen.«
»Und dann«, sprach der Bär weiter, »dann wäre da noch die Klofrage. Es ist nämlich nicht Katzenart ...«
Weiter kam der Bär nicht. »Alles was recht ist«, unterbrach ihn die Witwe Olga. »Aber niemand kann von mir verlangen, dass ich mir ab nun ein Loch im Garten grabe und hineinkacke!«
»Würde mir ebenfalls nicht leicht fallen«, murmelte der Hund.
Der Bär erhob sich. Seine Stirn war voll dicker Denkfalten. »Sehe ich ein«, murmelte er. »Ich muss das Problem übergrübeln.« Und da der Bär im Bett am besten grübeln konnte, zog er sich in sein Zimmer zurück.
Zu Mittag war der Bär noch immer in seinem Zimmer. Und die Katzenkinder schliefen noch

immer auf dem Sofa. Erst zur Jausenzeit wachten sie auf und kamen in die Küche. Sie sprangen auf den Küchentisch und mauzten: »Hunger, Riesenhunger!«
Die Witwe Olga flüsterte dem Hund ins Ohr: »Darf man sie vom Tisch jagen oder ist das im Sinne der richtigen Katzenerziehung falsch?«
»Keine Ahnung«, flüsterte der Hund zurück.
»Dann lass ich's lieber sein und warte, was der Bär dazu sagt«, murmelte die Witwe Olga. Sie holte einen Fisch aus dem Eisschrank und drehte ihn durch den Fleischwolf und tat den Fischmatsch auf einen Teller und stellte den Teller auf den Tisch.
Die Katzen fielen über den Fischmatsch her. Weil alle dreißig Katzen am Tellerrand keinen Platz fanden, entstand eine ziemliche Balgerei.
»Sollte man sie nicht ermahnen, etwas netter zueinander zu sein«, flüsterte die Witwe Olga dem Hund ins Ohr, »oder ist diese Rücksichtslosigkeit für Katzen richtig?«
»Keine Ahnung«, flüsterte der Hund zurück.
»Dann lass ich's lieber sein und warte, was der Bär dazu sagt«, murmelte die Witwe Olga.
Doch zuschauen bei der Katzenbalgerei wollte sie nicht. »Ich geh fernschauen«, sagte sie und verließ die Küche.
Der Hund hörte sie in die gute Stube gehen, und

gleich danach hörte er einen schrecklich lauten Schrei. Die arme Frau muss hingefallen sein und sich wehgetan haben, dachte der Hund. Er wieselte in die gute Stube. Dort stand die Witwe Olga und war ganz blass im Gesicht. »Da-da-da«, stammelte sie und zeigte dabei mit ausgestrecktem Zeigefinger auf den Teppich. Dreißigmal stammelte sie »da« und jedes Mal zeigte sie auf einen kleinen, dunkelbraunen Kackekringel. »Weil sie hier keine Grube graben können«, versuchte der Hund die Sauerei zu erklären, aber die Witwe Olga hörte ihm gar nicht zu. Sie ging zum Schrank und holte die Reisetasche heraus und stopfte allerhand Unterwäsche und Wollzeug hinein.

»Der Bär überdenkt das Problem ohnehin«, sagte der Hund.

»Ohne mich!«, rief die Witwe Olga. »Ich verreise!« Sie würdigte den Hund keines Blickes mehr und lief aus dem Haus.

Der Hund seufzte tief, holte Besen und Schaufel und Mülleimer und schaufelte die dreißig Kackekringel in den Eimer. Dann machte er sich mit Seifenwasser über die braunen Flecken auf dem Teppich her. Gerade als er die letzte braune Stelle weggeputzt hatte, kam der Bär aus seinem Zimmer.

»Ich komme mit dem Grübeln nicht recht wei-

ter«, sagte er. »Ich muss mir ein Buch über Katzenerziehung besorgen. Ich geh in die Bücherei.«
»Ist recht«, sagte der Hund.
Der Bär winkte den Katzenkindern zu, setzte seine Mütze auf, zog seine Jacke an und verließ das Haus. Der Hund öffnete beide Stubenfenster, weil es noch immer nach Katzenkacke stank, und trug das Putzzeug in die Abstellkammer.
Als er wieder in die Küche kam, waren die Katzen weg. Keine einzige war mehr da. Der Hund durchsuchte das ganze Haus. Schließlich ging er in den Vorgarten und suchte dort, weil er dachte, die Katzen könnten durch die offenen Stubenfenster gesprungen sein.
Der Hund wieselte im Vorgarten herum und rief: »Kinder, wo seid ihr? Kinder, so kommt doch!«
»Falls Sie junge Katzen suchen«, rief ein altes Schwein aus dem Nachbargarten herüber, »die hocken alle bei mir, im Apfelbaum oben.«
Der Hund sprang über den Zaun in den Nachbargarten. Er stellte sich unter den Apfelbaum und rief: »Kommt herunter, Kinder! Kommt zu eurem Pflegepapa!«
»Katzen hören auf kein Kommando«, sagte das alte Schwein. »Da müssen Sie schon rauf und eine nach der anderen am Kragen packen und herunterholen.«

»Kennen Sie sich aus bei Katzen?«, fragte der Hund.
»Ich bin ein weises Schwein und kenne mich bei allem aus«, sprach das Schwein.
»Das ist fein«, sagte der Hund. Und dann erzählte er dem Schwein von den Erziehungsproblemen mit den Katzen. Vom Tag-Nacht-Problem und vom Schnurr-Bell-Brumm-Problem und vom Wedelproblem und vom Kloproblem.
»Papperlapapp«, sprach das Schwein. »Sie machen sich unnötige Sorgen. Katzen brauchen Fleisch und Milch. Und gestreichelt wollen sie werden. Alles andere kommt ganz von allein.«
»Meinen Sie wirklich?«, fragte der Hund.
»Ich weiß es«, sprach das Schwein.
Da bedankte sich der Hund und sprang in den Garten der Witwe Olga zurück. Er legte sich ins Tulpenbeet. Auf den Rücken legte er sich. In den Himmel schaute er. Er hatte schon lange keine Wolken mehr für seine Kopfkartei fotografiert.
Als der Hund genug neue Wolkenfotos im Kopf hatte, erhob er sich und sprach zu sich: »Wenn ich mir um meine Pflegekinder keine Sorgen mehr zu machen brauche, dann kann ich mich ja um meinen eigenen Kram scheren.«
Der Hund ging ins Haus und packte den verdreckten Gärtneranzug in eine Schachtel. In die

Brieftasche vom Krankenhausgärtner tat er von seinem eigenen Geld so viel, wie er sich ausgeborgt hatte. Und dazu tat er noch das Geld, das es braucht, um einen Anzug und ein Hemd reinigen zu lassen. Und einen Brief schrieb der Hund auch noch und heftete ihn mit einer Stecknadel an den Anzug. In dem Brief stand:

Werter Gärtner,
Es tut mir Leid, dass ich diebisch vorgehen musste. Nur eine sehr verzwickte Lebenslage trieb mich dazu. Es wäre hübsch, wenn Sie mir verzeihen könnten.
Ein aufrechter Hund
auf zeitweiligem Abweg.

Der Hund wickelte ein Packpapier um die Schachtel, verschnürte das Paket mit einer Schnur und adressierte es an:

OTTO OTTERMANN
KRANKENHAUSGÄRTNER
IM STÄDTISCHEN KRANKENHAUS

Der Hund nahm das Paket unter den Arm und lief in den Vorgarten. »Hüten Sie mir ein Stündchen die Katzen?«, rief er zum Schwein in den Nachbargarten hinüber.
»Katzen hüten sich selbst«, rief das Schwein zurück.

Der Hund nickte und lief die Straße hinunter, zum Postamt. Knapp vor der Sperrstunde kam er dort an. Er gab das Paket express auf und war hinterher sehr erleichtert. Sein Gewissen war nun ein bisschen reiner und das war ein angenehmes Gefühl.
Auf dem Heimweg wollte der Hund noch Katzenfutter kaufen und ging in eine Fleischerei.
»Drei Kilo vom Mageren«, sagte er zum Fleischer. Kaum hatte er das gesagt, wurde er an beiden Schultern gepackt.
»Gott sei Dank, da sind Sie ja! Ich hab Sie schon gesucht wie eine Stecknadel im Heuhaufen«, sagte der, der die Hände auf seinen Schultern hatte. Es war der Taxifahrer, der den Hund in die Bognergasse gefahren hatte.
»Stellen Sie sich vor«, rief der Taxifahrer. »Die Polizei glaubt mir nicht, dass ich Sie bloß begleitet habe. Die Polizei glaubt, dass ich Ihr Komplize bin und der alten Hündin den Dachboden leer stehlen wollte. Ein Prozess wartet auf mich!«
»Das tut mir Leid«, murmelte der Hund. Er wollte schleunigst die Fleischerei verlassen. Doch der Taxifahrer ließ seine Schultern nicht los und der Taxifahrer war unheimlich stark. Viel stärker als der Hund. »Wir gehen jetzt zur Polizei und klären das auf«, rief der Taxifahrer.
»Morgen«, sagte der Hund. »Ich muss jetzt

heim, die Kinder füttern und streicheln. Und überhaupt kommt mir die Polizei sehr ungelegen.«
Der Taxifahrer ließ das nicht gelten. Er schob den Hund aus der Fleischerei, und dem Hund blieb nichts anderes übrig, als mitzugehen.
Der Taxifahrer schob den Hund die Straße hinunter. An der Kreuzung, bei der Ampel, trafen sie auf den Bären. Der Bär hatte ein dickes Buch unter einer Vorderpfote und schaute vergnügt drein. »Freund«, rief er. »Ich weiß jetzt Bescheid!« Er klopfte auf das dicke Buch. »Da steht alles über die Katzenerziehung drinnen. Dann schaute der Bär den Taxifahrer an. »Ein Freund von dir?«, fragte er.
»Eher nicht«, murmelte der Hund. »Ich soll mit ihm zur Polizei.«
»Er ist mein Zeuge«, sagte der Taxifahrer. »Ich verstehe gar nicht, warum er nicht zur Polizei will. Das ist doch Bürgerpflicht.«
»Ganz meine Ansicht«, sagte der Bär und zwinkerte dem Hund heimlich zu. »Ich werde Ihnen das Geleit geben, damit dieser Lotterhund nicht noch entwischt.«
Der Bär, der Hund und der Taxifahrer gingen weiter, der Wachstube zu. Als sie wieder zu einer Kreuzung kamen, stellte der Bär dem Taxifahrer ein Bein. Der Taxifahrer stolperte, seine Hände

rutschten von den Schultern des Hundes, der Hund rannte los und der Bär hinter ihm her. Bis sich der Taxifahrer hochgerappelt hatte, waren der Hund und der Bär schon um die nächste Ecke verschwunden und wieselten mit heraushängenden Zungen dem Haus der Witwe Olga zu.

»Oh, du Hölle«, fluchte der Bär beim Rennen. »Um seine Pflicht im Leben zu erfüllen, muss man manchmal ganz schön widerlich sein. Ich hoffe, lieber Freund, du weißt, dass ich kein Vergnügen daran finde, unbescholtenen Taxifahrern ein Bein zu stellen. Das tat ich nur aus Freundespflicht.«

Der Hund gab ihm keine Antwort, er konnte vor lauter Keuchen und Schnaufen nicht reden.

»Und was nun?«, fragte der Hund, als sie dann in der guten Stube der Witwe Olga saßen und verschnauft hatten.

»Nichts wie weg aus dieser Stadt«, sagte der Bär. »Das Pflaster wird dir zu heiß hier!«

»Und die Pflegekinder?«, fragte der Hund.

»Die Sache ist so«, sagte der Bär und kratzte sich den Bauch. »Im Erziehungsbuch steht, dass Kinder am liebsten bei der Person sind, die sie von Geburt auf am besten kennen. Pflegeeltern sind nur eine Notlösung. Und wir wollen doch keine Notlösung.«

Der Hund seufzte und kratzte sich auch am Bauch.
Er sagte: »Am besten kennen die Kleinen ihren Vater. Aber der ist im Krankenhaus.
Der Bär steckte eine Pfote in den Mund und kaute an den Krallen herum. »Mir fällt schon was ein«, murmelte er.

Stockdunkel war es bereits und der Bär saß noch immer krallenkauend in der guten Stube. Der Hund saß bei ihm und schaute ihm beim Nachdenken zu.
Gegen Mitternacht kamen die Katzenkinder durchs Fenster und mauzten laut. Sie hatten Hunger.
Der Hund holte das bisschen Fisch, das noch im Eisschrank war. Die Katzen verputzten den Fisch und mauzten weiter. Sie waren noch lange nicht satt.
»Nachschub gibt's erst morgen«, sagte der Hund.
Da fingen die Katzen zu weinen an.
Eine heulte: »Unser Papa hat uns immer viel mehr Futter gegeben.«
Eine heulte: »Unser Papa hat uns nicht bis morgen hungern lassen.«
Eine heulte: »Unser Papa war überhaupt viel netter.«

Und die anderen siebenundzwanzig heulten: »Wir wollen zu unserem Papa zurück!«
Da nahm der Bär die Krallen aus dem Maul und rief: »Ich hab's!« Er holte eine Schere und einen roten Filzstift und nahm sich eine Katze nach der anderen vor. Mit der Schere schnitt er ihnen Haarbüschel aus dem Fell und mit dem roten Filzstift machte er ihnen Tupfen auf die kahl geschorenen Stellen.
»Jetzt habt ihr die Masern«, sagte er zu den Katzen, »und kommt zu eurem Papa ins Krankenhaus.«
Die Katzen schlugen vor lauter Freude Purzelbäume und bissen einander übermütig in die Schwänze. Doch der Hund bekam drei dicke Kummerfalten auf der Stirn. »Wer bringt die Kinder denn ins Krankenhaus?«, fragte er. »Mich erkennen sie dort doch sofort. Und dich auch. Du warst ja täglich zu Besuch bei mir.«
»Das ist ein Problem«, murmelte der Bär und biss wieder an seinen Krallen herum.
»Vielleicht das Nachbarschwein«, schlug der Hund vor. »Eine Frau ist da immer gut. Frauen und Kinder, das passt zusammen.«
»Schweine sind unzuverlässig«, gab der Bär zu bedenken. Dann kicherte er und rief: »Aber die Idee mit der Frau ist gut. Sehr gut. Wir werden uns als Frauen verkleiden! Wir werden dem

Krankenhausportier sagen, dass wir Erzieherinnen des städtischen Katzenheims sind!«
Der Bär zog sich das Steirerkostüm der Witwe Olga an. Der Hund zog sich das Tweedkostüm der Witwe Olga an. Der Bär band sich ein Fransentuch um den Kopf. Der Hund setzte sich einen Strohhut mit Blumen auf. Und jeder von ihnen stopfte sich zwei große, weiche Wollknäuel unter die Jacke. Dann steckten sie sich noch Klunkerohrringe an die Ohren, und um den Hals taten sie sich allerhand Ketten. Bloß die Schuhe der Witwe Olga konnten sie nicht anziehen, die waren ihnen viel zu eng.
Der Hund besprühte den Bären mit Veilchenduft, der Bär besprühte den Hund mit Maiglöckchenduft. Sie holten den Wäschekorb aus der Abstellkammer und setzten die getupften Katzen hinein. Der Bär nahm den Korb an einem Henkel, der Hund am anderen. Sie verließen das Haus der Witwe Olga und stiegen ins Auto vom Bären. Den Katzenkorb taten sie in den Kofferraum.
»So, Kinder«, sagte der Bär, als er vor dem Krankenhaus hielt. »Und jetzt wimmert, was das Zeug hält, so herzergreifend, wie's nur immer geht.«
Die Katzen ließen sich das nicht zweimal sagen. Zum Gotterbarmen stöhnten und ächzten und

winselten sie drauflos. Der Hund und der Bär sprangen aus dem Wagen und trugen den Korb ins Krankenhaus hinein.
Hinter dem Empfangspult döste der Portier vor sich hin. Erschrocken fuhr er hoch, als der Hund und der Bär den Korb abstellten.

»Ich bin die Tante Käthe vom Katzenheim«, lispelte der Bär.
»Ich bin die Tante Wetti von ebendort«, mömerte der Hund.
»Wir liefern eine Epidemie ab«, lispelte der Bär.
»Es dürften die Masern sein«, mömerte der Hund.
»Einen Moment, meine Damen!« Der Portier gähnte und dann drückte er auf einen Klingelknopf am Pult. »Die Schwester kommt gleich«, sagte er gähnend.
»Wir holen inzwischen den anderen Korb«, lispelte der Bär.
»Das ist nämlich erst die halbe Epidemie«, mömerte der Hund.
Der Bär und der Hund wieselten aus dem Krankenhaus. Sie sprangen ins Auto.
Der Bär brauste los.
»Gegen Süden?«, fragte der Bär.
»Gegen Osten«, sagte der Hund.
Der Bär nickte und fuhr gegen Osten. Hinter der Hügelkette, auf die sie zufuhren, ging die Sonne auf. Zu sehen war sie noch nicht, aber sie färbte den grauen Himmel über der Hügelkette ein bisschen rosa. Schön schaut das aus, dachte der Hund und machte ein Foto davon für seine Kopfkartei. Und dann lachte der Hund. Ganz laut lachte er, denn er stellte sich vor, wie die

Siamkatze und die Ärzte dreißig filzstiftgetupfte Katzenkinder gesund pflegten.
»Ich glaube, wir haben ganze Arbeit geleistet«, kicherte der Hund.
»Perfekte Arbeit«, kicherte der Bär.
Der Hund nahm den Strohhut vom Kopf und kurbelte das Wagenfenster herunter. Er wollte den Hut zum Fenster hinauswerfen.
»Setz ihn wieder auf«, sagte der Bär.
»Warum?«, fragte der Hund.
»Weil die Polizei keine Hündin mit Strohhut sucht«, sagte der Bär.
»Ich kann doch nicht als Frau weiterleben!« Der Hund schaute entsetzt.
»Es wäre eine neue Erfahrung«, sagte der Bär. »Für ein paar Wochen wenigstens. Bis Gras über die Sache gewachsen ist.«
Da setzte der Hund den Hut wieder auf und kurbelte das Wagenfenster hoch.
»Sehr vernünftig, Tante Wetti«, lispelte der Bär.
»Sowieso, Tante Käthe«, mömerte der Hund und pfiff dann eines seiner Lieblingslieder vor sich hin. Er war ziemlich neugierig auf die nächsten paar Wochen.

7. Kapitel

Der Hund hat Bärenkummer

Frohgemut brausten der Hund und der Bär gegen Osten. Der Bär wusste da einen kleinen See. Dort wollte er hin, weil dort ein kleines Holzhaus stand, das seinem Neffen gehörte. »Der Schlüssel liegt immer unter der Türmatte«, sagte der Bär zum Hund. »Und ein kleines Boot gibt es auch. Und jede Menge Vorratskonserven. Und weit und breit weder eine Menschen- noch eine Tierseele. Wir werden ein paar sehr friedliche Tage haben.«

»Die haben wir uns auch redlich verdient«, sagte der Hund. Die Pflegevaterzeit bei den Katzen hatte ihn recht mitgenommen.

Aber leider bekommt man nicht immer, was man sich redlich verdient hat. Die größte Strecke des Weges hatten der Hund und der Bär schon hinter sich, da tuckerte es auf einmal im Motor so sonderbar, und gleich darauf qualmte es aus der Motorhaube und stank ganz entsetzlich. Der Bär fuhr an den Straßenrand.

Der Hund, der von Mechanik mehr verstand als

der Bär, öffnete die Motorhaube und schaute nach. »Der Kühler ist durchgerostet«, rief er. »Alles Kühlwasser ist ausgeflossen. Das hat den Motor überhitzt. Ich fürchte, er ist total im Arsch. Wir müssen uns abschleppen lassen.«
Der Bär und der Hund stellten sich neben das Auto und warteten auf einen vorbeikommenden Wagen, der sie zur nächsten Autowerkstätte mitnehmen könnte. Eine gute Stunde standen sie am Straßenrand, aber kein Auto kam. Die Gegend war eben wirklich gottverlassen einsam!
So versperrte der Bär das Auto und sie machten sich zu Fuß auf den Weg. Lange Fußmärsche machten weder dem Hund noch dem Bären viel aus. Aber die Kleider der Witwe Olga waren ihnen beim Marschieren sehr lästig.
»So was von idiotischen Klamotten gibt's kein zweites Mal«, fluchte der Bär. »Nicht einmal richtig Luft holen kann ich. Alles zwickt und zwackt und schneidet ein und schnürt ab.«
»Und einen ordentlich großen Schritt kann man auch nicht machen«, schimpfte der Hund. »Hol' ich mit einem Bein halbwegs normal aus, krachen sämtliche Rocknähte.
»Und müssten wir nicht dauernd unseren blöden Hüten nachrennen, die uns der Wind vom Schädel weht«, klagte der Bär, »wären wir schon sicher im nächsten Ort.«

»Und müssten wir nicht dauernd unseren blöden Wollbusen zurechtrücken«, klagte der Hund, »wären wir sicher schon beim Mechaniker.«
»Aber was soll's?«, sagte der Bär. »Lieber gut getarnt und schlecht gelaufen als ...«
»... gut verhaftet und schlecht verurteilt«, ergänzte der Hund.
Gegen Abend kamen der Hund und der Bär in einen Ort.
Eine Autowerkstätte fanden sie auch.
Doch der Rollbalken vor der Werkstatt-Tür war heruntergelassen. Der Hund klingelte an der Haustür. Im ersten Stock, über der Haustür, ging ein Fenster auf.
Eine Sau schaute heraus.
Sie rief: »Wenn Sie meinen Mann, den Auto-Eber, suchen, müssen Sie ins Wirtshaus gehen. Und bestellen Sie ihm gleich, dass er schleunigst heimkommen soll.«
Der Hund und der Bär gingen ins Wirtshaus. Sie fanden den Auto-Eber. Er lag vor der Theke und schnarchte.
»Nach dem achten Bier und dem achten Schnaps kippt er um«, erklärte der Wirt. »Vor morgen Mittag wird der sicher nicht wieder.«
Der Bär und der Hund schauten sich den Auto-Eber genau an und sahen ein, dass der Wirt Recht hatte. Sie mieteten ein Zimmer im Wirts-

haus und setzten sich in die Wirtsstube. Ungeheuer durstig und hungrig waren sie.
»Was darf ich den Damen bringen?«, fragte der Wirt.
Der Hund hätte sich am liebsten einen Doppelliter Bier und eine doppelte Doppelportion Gulasch bestellt, doch er dachte sich: Das ist sicher nicht ladylike!
Er flüsterte dem Bären zu: »Bestell was Damenhaftes für uns, lieber Freund.«
»Zweimal Marillenkuchen und zweimal Eierlikör«, bestellte der Bär.
Diese Bestellung gab der Bär hinterher noch sechsmal auf, sonst wären er und der Hund kaum satt geworden.
Gerade als sich der Bär und der Hund erheben und auf ihr Zimmer gehen wollten, kam ein Polizist in die Wirtsstube. Ein ziemlich alter Widder.
»Ruhig Blut bewahren, lieber Freund«, flüsterte der Bär dem Hund zu und legte beruhigend eine Tatze auf die Pfote vom Hund.
Der Polizist schaute sich im Wirtshaus um. Er suchte nach einem freien Tisch. Alle Tische waren besetzt. Sogar alle Stühle an allen Tischen waren besetzt. Bloß am Tisch vom Hund und vom Bären war noch ein Stuhl frei.
»Der wird doch nicht«, flüsterte der Hund und schaute entsetzt.

»Und ob der wird«, flüsterte der Bär und drückte die Pfote vom Hund. »Das schaffen wir schon, lieber Freund«, murmelte er. »Nur ruhig Blut!«
Der Polizisten-Widder kam zum Tisch vom Hund und vom Bären, verbeugte sich, sagte: »Gestatten, die Damen«, und setzte sich auf den freien Stuhl, ohne eine Antwort abzuwarten. »Ganz allein unterwegs, die Damen?«, fragte er.
Der Hund nickte bloß, der Bär sagte: »Was bleibt denn zwei alten, allein stehenden Fräuleins schon anderes übrig, als allein auf Reisen zu gehen?«
»Aber, aber«, rief der Widder. »Wer redet denn da von alt? So entzückende, junge Damen wie Sie! Sie scherzen wohl?«
»Sie sind mir aber ein Draufgänger«, kicherte der Bär und drohte dem Widder neckisch mit der Tatze. Der Hund wäre am liebsten unter den Tisch gekrochen.
»Aber Spaß beiseite!«, sagte der Widder. »Zwei so entzückende Damen sollten wirklich nicht allein reisen. Die Welt ist schlecht, meine werten Fräuleins. Es könnte Ihnen etwas zustoßen, ohne tapfere Männerbegleitung.«
»Da jagen Sie mir aber einen Schreck ein«, stammelte der Bär und machte Kulleraugen.
Der Hund meinte, auch etwas zur Unterhaltung

beitragen zu müssen. »Wir haben bisher unterwegs nur nette liebe Leute getroffen«, sagte er und schlug die Augen nieder.
»Weil Sie zwei naive Fräuleins sind«, rief der Widder. »Sie haben keine Nase für die Schlechtigkeit. Da schaut einmal her!«
Der Widder zog ein zusammengefaltetes Blatt Papier aus der Rocktasche. »Gerade habe ich diesen Steckbrief bekommen.« Er entfaltete das Papier und hielt es dem Hund und dem Bären vor die Schnauzen. »Schaut doch recht harmlos aus, dieser Hund, oder nicht?«, fragte er.
Der Hund starrte auf sein Foto. »In der Tat«, murmelte er. »Dieser Hund scheint mir ein durch und durch ehrenwerter Hund zu sein.«
»Ist er aber nicht«, rief der Widder. »Dieser Mordshund wird gesucht wegen Einbruch in eine Schule und Amtsanmaßung, wegen Dachbodendiebstahl und Kaminzertrümmerung, Flucht vor behördlichen Organen und Irreführung selbiger, Diebstahl von Gärtnereigentum und Kellereinbruch mit Vorratsentwendung. Um nur die wichtigsten Delikte zu nennen.«
»Wie man sich irren kann!«, sagte der Bär.
»Eben, meine werten Fräuleins«, sagte der Widder. Dann sagte er nichts mehr, weil ihm der Wirt ein Bier und eine Portion Gulasch brachte. Er schlürfte und schmatzte bloß drauflos.

Der Bär gähnte. »Ich denke, wir gehen in die Heia, liebe Schwester«, sagte er.
»Du denkst richtig, liebe Schwester«, sagte der Hund und gähnte auch. Der Hund und der Bär wünschten dem Widder einen vergnüglichen Abend und wieselten auf ihr Zimmer.
Der Hund warf sich aufs Doppelbett und wischte sich den Schweiß von der Stirn. »Das war knapp«, stöhnte er.
»Keine Spur«, sagte der Bär und lachte. »Das war sogar äußerst beruhigend. Wenn dich nicht einmal ein widderliches Polizistenauge erkennt, musst du kein bisschen Angst mehr haben.«
An diesem Abend lagen der Hund und der Bär noch lange wach im Doppelbett. Sie führten ein wichtiges Gespräch.
Der Hund sagte: »Ich wollte doch nur helfen und nützlich sein und gebraucht werden.«
Der Bär sagte: »Du hast ja auch geholfen und warst nützlich und bist gebraucht worden.«
Der Hund sagte: »Und dafür werde ich nun verfolgt und steckbrieflich gesucht. Ich finde das sehr ungerecht.«
Der Bär sagte: »Das kommt von der dummen Gesetzeslage. Man sollte Politiker werden und bessere Gesetze machen. Dann könnte es nicht geschehen, dass einer, der Gutes tut, dafür eingesperrt wird.«

Der Hund sagte: »Lieber Freund! Nur nicht die Politik! Politik ist ein übles Pfui-Geschäft!«
Der Bär sagte: »Lieber Freund, nun sei kein dummer Hund. Lass dir das an einem Beispiel erklären. Ich wollte immer den Kindern helfen und nützlich sein. Ich wollte immer, dass es die Kinder gut haben.«
Der Hund sagte: »Darum bist du Lehrer geworden. Du warst den Kindern hilfreich und nützlich. Sie hatten es gut bei dir.«
Der Bär sagte: »Schon, schon! Aber jedes Jahr war ich nur zwanzig Kindern nützlich und hilfreich. Und nur zwanzig Kinder hatten es gut bei mir.«
Der Hund sagte: »Worauf willst du hinaus, lieber Freund?«
Der Bär sagte: »Wäre ich ein Politiker, könnte ich bessere Schulgesetze machen. Gesetze, die die Noten abschaffen. Gesetze, die die Lehrer verpflichten, nie zu schimpfen. Gesetze, die den Kindern ein gutes Leben in der Schule bringen. Dann könnte ich hunderttausend Kindern helfen. Verstehst du das nicht?«
Der Hund sagte: »Ich fange zu verstehen an!«
Der Bär sagte: »Wenn wir immer denen die Politik überlassen, die ein Pfui-Geschäft aus ihr machen, brauchen wir uns nicht zu wundern, wenn nie etwas besser wird.«

Der Hund sagte: »Jetzt verstehe ich!« Er kratzte sich zwischen den Ohren. »Und wie wird man Politiker?«, fragte er.
Der Bär sagte: »Man geht zu einer Partei und tritt ihr bei. Zuerst kassiert man eine Zeit lang Mitgliedsbeiträge oder macht sich sonst wie nützlich und tut sich irgendwie hervor. Und dann wird man für den Gemeinderat aufgestellt.«
Der Hund fragte: »Wo wird man aufgestellt? Auf der Straße? Oder in einem Haus? Oder wo?«
Der Bär sagte: »Das ist nur so ein Fachausdruck. Man kandidiert. Man wird gewählt. Man ist Gemeinderat. Und ist man da erfolgreich, kann man ins Parlament gewählt werden. Und dann muss man da sehen, dass man Minister wird. Und dann kann man die besseren Gesetze machen.«
Der Hund fragte: »Und wie lange dauert das, bis man Minister wird?«
Der Bär sagte: »Das ist ganz verschieden. Es gibt Senkrechtstarter und Schleicher. Aber mit etlichen Jährchen ist auf alle Fälle zu rechnen. Und natürlich musst du der richtigen Partei beitreten. Wenn du auf die falsche setzt, kommst du nie ans Regieren.«
Der Hund sagte: »Ich bin ein alter Hund, lieber

Freund. Und zum Senkrechtstarter habe ich noch nie Talent gehabt. So viel Zeit bleibt mir nicht mehr im Leben, dass ich als Schleicher in der Politik was werden könnte. Geht's nicht irgendwie schneller?«

Lange Zeit gab der Bär dem Hund keine Antwort. Der Hund dachte schon, der Bär sei eingeschlafen, doch da sagte der Bär: »Ich denke, es geht schneller, wenn wir weiter Frauen bleiben.«

»Mach dich nicht lächerlich«, rief der Hund. »Ich versteh fast gar nichts von Politik, aber dass die Frauen im Land dabei nicht viel mitzureden haben, das weiß sogar ich, lieber Freund. Nirgendwo haben die Frauen viel mitzureden. Die Männer lassen sie einfach nicht ran. Meine Töchter können dir davon ein bitteres Lied singen.«

»Einerseits hast du Recht, lieber Freund«, sagte der Bär. »Aber anderseits haben wir im Lande mehr Frauen als Männer, und die Frauen werden schon langsam ungeduldig. Sie wollen sich das alles nicht mehr gefallen lassen. Da sind also Chancen. Und dann ist da noch etwas ...« Der Bär zögerte. »Die Männer wollen die Frauen zwar nicht in der Politik haben, aber ein, zwei Frauen in der Regierung, das gefällt ihnen.«

»Warum?«, fragte der Hund.

»Damit sie sagen können: Wir sind ja gar nicht

so, wir haben ja nichts gegen Frauen«, sagte der Bär.
»Also gut«, sagte der Hund. »Bleiben wir Frauen und machen wir politische Karriere. Und wie gehen wir das an?«
»Das besprechen wir morgen«, sagte der Bär. Er knipste die Nachttischlampe aus und fing zu schnarchen an. Der Hund zog sich die Decke über den Kopf und schlief auch ein und träumte von all den schönen und guten Gesetzen, die man machen könnte.

Zeitig am Morgen erwachte der Hund. Der Bär schlief noch. Der Hund lief aufs Klo, um ein Bein zu heben, und kroch wieder ins Bett. Er dachte: Ich schlaf noch ein Stündchen! Der Hund schlief gern nach. Es machte ihm Spaß zu schlafen, wenn er ausgeschlafen war. Da hatte er die allerschönsten Träume.
Der Hund schloss die Augen, blätterte ein bisschen in seiner Kopfkartei, Abteilung Wolkenbilder, und schlief ein. Doch mit einem allerschönsten Traum wurde es diesmal nichts, obwohl der Traum ganz nett anfing: Der Hund stand hinter einem Rednerpult. Um das Pult herum war eine Wiese. Auf der Wiese waren viele Leute und hörten ihm zu. Der Hund rief: »Wir Frauen haben lange genug zugeschaut, wie die Männer alles,

alles kaputtmachen! Jetzt wollen wir Frauen ans Ruder und alles besser machen! Frauen, wählt Frauen!« Dann wollte er sagen, dass auch die Männer Frauen wählen sollten, doch da drängte sich eine gestreifte Ziege durch die Menge, riss ihm das Mikro aus den Pfoten und brüllte hinein: »Er ist ein Schwindler! Ich habe ihn beobachtet!« Die gestreifte Ziege griff dem Hund in die Bluse und holte einen Wollbusen heraus. Sie hielt den Wollbusen hoch und schrie: »Er ist ein Mann, ein Mann ist er!«

Die Leute brüllten: »Frechheit, Gemeinheit, Hinterhalt, Betrug!« Sie drängten von allen Seiten auf das Rednerpult zu. Der Hund sah erhobene Pfotenfäuste und Klauenfäuste und Krallenfäuste und Fingerfäuste. »Es war nicht bös gemeint«, stammelte er, aber die Leute brüllten so laut, dass die Stimme vom Hund gar nicht zu hören war.

Dann wachte der Hund auf. Der Bär beutelte ihn und fragte: »Was war nicht bös gemeint?«

Der Hund setzte sich auf, Herzflattern hatte er, Schweißtropfen standen auf seiner Schnauze.

»Ich werde keine Politikerin«, sagte er.

»Nicht einmal mir zuliebe?«, fragte der Bär.

»Dir zuliebe mache ich alles«, sagte der Hund. »Weil du mir zuliebe alles getan hast. Aber Politikerin kann ich auch dir zuliebe nicht werden,

weil es schief gehen wird.« Der Hund erzählte dem Bären den Traum. Der Bär gab nichts auf Träume. Stur blieb er dabei, als Politikerin Karriere machen zu müssen, um die Welt zu verändern. Fast wären der Hund und der Bär ins Streiten gekommen. Nur weil sie einander so lieb hatten, gelang es ihnen, friedlich zu bleiben. Schließlich sprach der Bär, mit Tränen in den Augen: »So müssen wir uns trennen. Ich gehe meinen Weg und du den deinen.«
Sie aßen noch zusammen Frühstück und bezahlten die Rechnung. Vor der Wirtshaustür umarmten sie einander.
»Wohin gehst du?«, fragte der Bär.
»Drauflos«, sagte der Hund. »Einfach drauflos.« Er stotterte, als er das sagte. Er log nämlich. Und er log seinen Freund nicht gerne an. Aber das, was er vorhatte, musste er für sich behalten.
Der Bär trottete nach rechts, zur Autowerkstätte. Der Hund trottete nach links. Sehr langsam ging er. Nach jedem dritten Schritt drehte er sich um. Als der Bär nur noch ein stecknadelkopfgroßes Pünktchen am Ende der Straße war, machte der Hund kehrt und lief zurück, bis zur Drogerie, und kaufte eine Packung Haarfarbe in *Brandrot* und eine in *Rabenschwarz* und eine in *Silberweiß*.

Hierauf wieselte er zu einem Kleiderladen. »Mein Mann«, sagte er zur Verkäuferin, »braucht einen blauen Overall.«
»Welche Größe?«, fragte die Verkäuferin.
»In der Länge wie für mich, in der Breite dreifach«, sagte der Hund.
In dieser ungewöhnlichen Größe hatte die Verkäuferin nur einen grünen Overall. Der war dem Hund auch recht. Er nahm ihn unter den Arm und lief zum Optiker und kaufte sich eine Brille mit Fensterglasgläsern. Dann kaufte er noch ein großes Daunenkissen und einen Werkzeugkasten mit Tragehenkel und marschierte mit seinen sieben Sachen aus dem Ort, die Landstraße entlang, bis er zu einem Teich kam. Er schaute sich um, sah weit und breit niemanden und zog sich aus. Die Witwe-Olga-Kleider schnürte er zu einem Bündel, beschwerte es mit einem Stein und ließ es in den Teich plumpsen. Dann setzte sich der Hund ans Ufer und schmierte sich mit Haarfarbe ein. Auf ein Ohr rieb er *Brandrot*, aufs andere *Rabenschwarz*. Zwischen die Ohren kam *Silberweiß*. Um die Augen herum strich er *Rabenschwarz*, auf den Schnauzenrücken *Brandrot*. Den Hinterkopf und die Pfoten färbte er kunterbunt getupft, den Schwanz *Brandrot*, den Bauch streifte er. Für den Rücken und den Popo blieb keine Farbe übrig.

Der Hund wartete, bis alle Farben eingetrocknet waren und eine Stunde darüber hinaus, dann sprang er ins Wasser und schwamm dreizehn Runden mit dem Schädel unter Wasser. Um die Haarfarbe auszuspülen. Als der Hund aus dem Teich gestiegen war und alle Wassertropfen aus dem Fell gebeutelt hatte, schaute er sich gar nicht mehr ähnlich. Ein unheimlich gescheckter Hund war er nun. Er betrachtete sich im Wasser und sagte zu sich: »So erkennt dich bloß dein allerbester Freund!« Aber damit gerade der ihn nicht erkennen könnte, schlüpfte der Hund noch in den Overall, stopfte das Daunenkissen als Fettbauch unter den Reißverschluss, setzte die Fensterglasbrille auf und nahm den Werkzeugkasten unter den Arm. »Bis zur totalen Unkenntlichkeit entstellt«, murmelte er und marschierte in den Ort zurück.
Mittag war, als der Hund im Ort ankam. »Jetzt halten die Arbeiter ihre Brotzeit«, sprach der Hund zu sich. »Das ist gut für mein Anliegen!« Der Hund schlenderte durch die Gassen und hielt nach Wirtshäusern Ausschau, in denen Arbeiter saßen. Die Mützen der Arbeiter interessierten ihn. In einer Kneipe sah er an einem Garderobenhaken etwas Passendes – eine rote Arbeitsmütze, auf die gedruckt stand: *Entstörungsdienst*.

Der Hund ging in die Kneipe, kaufte sich ein Bier und nahm, als er die Kneipe verließ, die Entstörungsdienstmütze mit. Er setzte sie auf und machte sich auf die Suche nach einem Quartier. In ein Wirtshaus wollte er nicht ziehen, weil da die Zimmer teuer sind und weil er ahnte, dass er lange würde bleiben müssen. Er hatte nämlich beschlossen, seinem Freund, dem Bären, in der Not beizustehen. Und dass der Bär – früher oder später – in Not geraten würde, dessen war sich der Hund sicher.
In einem Haus am Ortsrand fand der Hund Unterkunft. Ein Zimmer mit Küchenbenutzung mietete er. Das Zimmer war hässlich und in der Küche roch es nach Ölsardinen, aber der Hund brauchte die Unterkunft sowieso nur zum Schlafen. Er musste ja hinter dem Bären her sein. Allein drei Tage brauchte er, um herauszufinden, wo der Bär nun wohnte. Der Bär hatte ein winziges Haus beim Marktplatz gemietet. An die Haustür hatte er ein Schild genagelt:

STAATL. GEPR. BÄRENLEHRERIN
ERTEILT JEGLICHE NACHHILFE
(auch Spiel u. Sport)

Vor dem Haus vom Bären war ein Telefonhäuschen. Der Hund nahm einen Streifen Karton und schrieb darauf:

DER APPARAT IST GESTÖRT.
DER ENTSTÖRUNGSDIENST
ARBEITET FÜR SIE

Der Hund klebte den Karton an die Häuschentür und bezog im Häuschen Posten. Er tat, als ob er das Telefon repariere. Er zerlegte es und setzte es zusammen. An die hundert Mal. Und er beobachtete dabei das Bärenhaus. Das ging leicht, weil der Bär keine Gardinen vor dem Fenster hatte.
Nachhilfeschüler kamen keine zum Bären. Und der Bär verließ das Haus bloß zweimal. Einmal am Morgen, da ging er einkaufen. Einmal am Nachmittag, da blieb er zwei Stunden weg und kam mit einem Packen politischen Werbematerials unter der Tatze zurück.
Am nächsten Tag war es ebenso. Der Bär ging einkaufen, keine Schüler kamen, der Bär war für zwei Stunden weg und kam mit Werbematerial zurück. Nur war es diesmal von einer anderen Partei. Der dritte Tag war um nichts ergiebiger. Einkaufen, keine Schüler, Werbematerial. Bloß die Partei, von der das Zeug stammte, war wieder eine andere.
Am vierten Tag bekam der Hund Ärger. Im Haus gegenüber vom Bärenhaus ging ein Fenster auf. Eine gestreifte Ziege meckerte heraus:

Der Apparat ist gestört!

»Seit drei Tagen reparieren Sie herum. Und unsereiner muss das mit seinen Steuern bezahlen!« Dem Hund wurde mulmig. Er schraubte das Telefon zusammen, riss den Karton von der Häuschentür und rief der Ziege zu: »Das war leider ein ziemlich vernetzter Defekt, aber jetzt ist alles wie neu!«
Die Ziege keifte, dass sie sich beim Entstörungsdienstdirektor beschweren werde, und knallte das Fenster zu.
»Den Telefontrick kann ich mir abschminken«, seufzte der Hund. Er schob die Mütze aus der Stirn, kratzte sich zwischen den Ohren und fragte sich, was man noch entstören könnte. Weil er beim Nachdenken in die Luft schaute und ihm dabei der Schornstein vom Bärenhaus ins Blickfeld kam, sagte er sich: »Ein Schornstein kann verlegt sein. Ihn von Ruß frei zu putzen, ist auch eine Entstörung!«
Der Hund hatte Herzflattern, als er das Bärenhaus betrat. Jetzt, dachte er, werde ich sehen, was meine Tarnung wert ist!
Hinter der Haustür war ein Vorhaus. Eine steile Treppe führte zum Dachboden. Und zwei Türen waren im Vorhaus. Eine war geschlossen. Die andere war offen. Hinter ihr war das Zimmer, in das der Hund, vom Telefonhäuschen aus, gespäht hatte. Der Bär saß beim Tisch und las eine

Parteibroschüre. Der ganze Boden rund um den Tisch war voll mit Parteikram.
»Der Entstörungsdienst ist da«, rief der Hund mit verstellter Stimme. »Ich muss den Kamin durchblasen.
»Nur zu«, rief der Bär. Er schaute nicht einmal von seiner Lektüre hoch.
»Ich muss aufs Dach hinauf«, rief der Hund mit verstellter Stimme.
»Nur zu«, rief der Bär und las weiter.
Der Hund setzte sich auf die unterste Stufe der Treppe und klopfte zwölfmal gegen das Treppenholz, weil die Treppe zwölf Stufen hatte und der Bär glauben sollte, er sei die Treppe hinaufgestiegen.
Lange saß der Hund auf der untersten Stufe. Nichts tat sich. Der Bär verbrachte seine Zeit mit politischer Bildung. Der Hund wollte sich schon davonmachen, da sagte der Bär: »Guten Tag, liebes Fräulein, hier spricht die Bärin, die vorgestern bei Ihrer Partei vorgesprochen hat.« Und dann: »Ich habe alles geprüft. Ihre Partei ist die frauenfreundlichste.« Dann war es wieder eine Weile still und dann sagte der Bär: »O.K.! Morgen um neun hole ich mir mein Parteibuch.« Mehr wollte der Hund nicht wissen. Er pochte zwölfmal gegen das Treppenholz, so, als ob er gerade die Treppe herunterkäme, ging zur

Haustür und rief dem telefonierenden Bären »Entstörung vollzogen« zu.

Um halb neun bezog der Hund am nächsten Morgen, an der Ecke beim Bärenhaus, Posten. Eine Zeitung hielt er sich vor die Schnauze und tat, als lese er. Aber in der Zeitung waren zwei Löcher. Durch die beobachtete er das Bärenhaus.

Der Bär kam zehn vor neun aus dem Haus. Er hatte ein neues Kleid an und einen neuen Blumenhut auf dem Kopf. Er lief die Straße hinunter. Der Hund, mit der Zeitung vor der Schnauze, folgte ihm.

»Hab ich mir's doch gedacht«, murmelte der Hund, als der Bär ein Haus betrat, über dessen Tor eine rosa-orangefarben klein karierte Fahne hing. Er seufzte, steckte die Zeitung in die Overalltasche und ging ins nächste Wirtshaus auf ein Frühstück. »Jetzt kann man bloß abwarten«, sprach er zu sich.

Da dem Hund tatenloses Abwarten aber nicht lag, vertrieb er sich die Zeit mit Nützlichkeit. Mit der Entstörungsdienstmütze auf dem Schädel wanderte er durch den Ort und schaute nach Gebrechen aus. Einmal dichtete er einen tropfenden Hydranten, einmal stocherte er ein Kanalgitter sauber, einmal kehrte er den Marktplatz blank. Er reparierte auch drei wirklich kaputte Fernsprecher, polierte die Messingbeschläge an der Kirchentür und zupfte welke Blätter von den Sträuchern, die am Marktplatz in Kübeln wuchsen. Wenn ihm keine »öffentliche« Arbeit einfiel, klingelte er einfach an Haustüren und erklärte: »Entstörungsdienst vom Bürger-Service. Haben Sie einen Schaden? Es ist gratis.«

Ein paar misstrauische Typen schlugen ihm die Tür vor der Nase zu, doch die meisten Leute hatten Arbeit für ihn. Der Hund reinigte verstopfte Abflüsse und flickte Lichtschalter, dichtete zugige Fenster und ölte Quietschtüren. Den Bären vergaß er darüber natürlich nicht. Auf den hatte er ein wachsames Auge. Nachhilfeschüler hatte der Bär noch keinen. Er hätte dafür auch gar keine Zeit gehabt. Jeden Morgen lief er zum Haus mit der rosa-orangefarbenen Fahne und blieb bis gegen Abend dort. Und am Abend kamen oft Frauen ins Bärenhaus und blieben bis Mitternacht. Wenn der Hund am Bärenhaus vorbeischlich, sah er die Frauen mit dem Bären beim Tisch sitzen.

Üblicherweise war das Fenster vom Bären offen. Hätte sich der Hund dicht ans Fenster gestellt, hätte er mitbekommen, was im Zimmer drinnen geredet wurde. Doch der Hund wagte das nicht. Er hatte bemerkt, dass die gestreifte Ziege,

welche wegen der langwierigen Telefonreparatur geschimpft hatte, ständig hinter ihrem Fenster lauerte. Sogar einen Feldstecher hatte sie dabei. Das war dem Hund nicht geheuer. Wenn ein Überwacher selbst überwacht wird, ist das eine recht peinliche Sache!
Eines Tages, als der Hund wieder einmal an einer Haustür seinen *»Entstörungsdienst«* anbieten wollte, hörte er riesiges Geschrei. Eine Stimme schrie: »Du bist ja so gemein!« Eine andere Stimme schrie: »Ich lasse mich scheiden!« Und eine dritte Stimme schrie: »Ich will nicht, dass ihr euch scheiden lasst!«
Aha, Familienkrach, dachte der Hund. Die haben jetzt andere Sorgen als einen verstopften Abfluss! Er wollte zum nächsten Haus gehen, doch da heulte die dritte Stimme so gottserbärmlich los, dass dem Hund mitleidsweh ums Herz wurde und er zu sich sprach: »Wer sagt denn, dass man nur Licht, Wasser und anderen Krempel entstören kann? Wer sagt denn, dass man nicht auch einen Familienkrach entstören kann?«
Der Hund antwortete sich: »Niemand sagt das«, und er machte die Haustür auf und ging dem Geschrei und Geheule nach und kam in eine Küche. Viel Dreckgeschirr war in der Küche und ein Haufen Bügelwäsche und Schmutzwäsche und

jede Menge Hunde. Ein Bernhardinermann, eine Doggenfrau, ein Mischlingskind und sechs Hundebabys. Der Bernhardiner saß beim Tisch und schrie. Die Doggin stand beim Herd und schrie. Das Mischlingskind hockte auf dem Boden und heulte. Die Babys krochen in einem Korb herum und greinten. Es stank fürchterlich in der Küche. Nach angebranntem Fleisch stank es und nach verkackten Windeln.

Der Bernhardiner schrie: »Den Fraß kann ich nicht fressen!«

Die Doggin schrie: »Es liegt am Fleisch, nicht an mir!«

Der Bernhardiner schrie: »Ausreden hast du immer!«

Die Doggin schrie: »Mach dir deinen Fraß doch selber!«

Der Hund stieg über den Babykorb, nahm das heulende Mischlingskind auf den Arm und schaukelte es. Das Mischlingskind hörte zu heulen auf.

Der Bernhardiner und die Doggin hörten zu schreien auf. »Wer sind denn Sie?«, fragten sie.

»Ich möchte Ihren Krach entstören«, sagte der Hund. Er kitzelte das Mischlingskind am Bauch. »Lach doch, Süßer«, sagte er. »Deine Alten lassen sich nicht scheiden, die haben sich doch lieb.«

Mauloffen hörten der Bernhardiner und die Doggin zu.
»Sie haben's im Moment nur ein bisschen schwer«, fuhr der Hund fort. »Sechs Babys sind keine leichte Sache. Ich kenne das. Wenn wir seinerzeit sechs Babys auf einmal hatten, hing der Haussegen auch manchmal schief.
Der Hund setzte sich das Mischlingskind auf die Schultern und sagte zum Bernhardiner und zur Doggin: »Ihr beide macht jetzt einmal einen Spaziergang. Oder geht in eine Kneipe auf ein Bier. Ihr braucht Abwechslung.«
»Aber ...«, sagte die Doggin.
»Aber ...«, sagte der Bernhardiner.
»Raus mit euch«, rief der Hund. Er machte die Küchentür auf und verbeugte sich. »Vor Einbruch der Dunkelheit kommt ja nicht wieder.«
Der Bernhardiner und die Doggin zogen verdutzt ab. Der Hund öffnete das Fenster und ließ frische Luft herein, tat die Dreckwäsche in die Waschmaschine, spülte das Geschirr, gab den Babys Flaschen und wickelte sie, kehrte den Boden, erzählte dem Mischlingskind ein Märchen, kochte einen Topf Beuschelragout, wischte Staub, saugte die Teppiche, warf das angebrannte Fleisch in den Mistkübel und leerte den Mistkübel aus.
Als es dunkel wurde und die Hundseltern heim-

kamen, schliefen die Babys in ihrem Korb, und das Mischlingskind lag im Bett und schaute ein Bilderbuch an, und die ganze Hundswohnung war blitzblank.
»Sie sind der beste Entstörer der Welt«, sagte die Doggin.
»Meine Frau hat, wie immer, Recht«, sagte der Bernhardiner.
»Ist ja mein Job«, sagte der Hund und wieselte davon. Lob machte ihn immer verlegen.

Von diesem Tag an spezialisierte sich der Hund auf Leuteprobleme. Er fand das spannender. Leute sind verschieden, sagte er sich. Aber ein Abfluss ist wie der andere. Zum Leute-Entstören braucht es mehr Phantasie. Arbeit, zu der man Phantasie braucht, ist lustiger! Gleich am nächsten Tag entstörte der Hund einen Kindergarten und brachte der Kindergartentante bei, wie man Kinder bei Laune hält. Das hatte er ja beim Bären gelernt.
Am übernächsten Tag nahm er sich eines Wildschweins an, das im Bett lag und wegen einer verstauchten Pfote nicht aufstehen konnte und am Verhungern war. Der Hund brachte die rechte Nachbarin dazu, für das Wildschwein einzukaufen, und die linke Nachbarin überredete er, für das Wildschwein zu kochen. Und die jungen

Hunde, die über dem Wildschwein wohnten, bat er, dem armen Schwein jeden Abend aus der Zeitung ein bisschen vorzulesen.
Am dritten Tag kümmerte sich der Hund um eine junge Liebe zwischen einem Hahn und einer Henne, am vierten Tag um einen schulschwänzenden Esel, am fünften Tag um einen schielenden Kater, der Komplexe hatte. Am sechsten Tag besorgte er einer jungen Frau einen Job. Am siebenten Tag brachte er einen kleinen Bären heim, der ausgerissen war, weil er die Ferne liebte.
Helfen konnte der Hund natürlich nicht immer. Er war ja kein Zauberer. Aber wo er nicht helfen konnte, konnte er doch trösten.
Kontrollgänge machte er auch. »Wollte nur schaun, ob's Wasser noch abrinnt«, fragte er an einer Tür.
»Wollte nur schaun, ob's mit der Schule klappt«, fragte er an einer anderen Tür.
»Wollte nur schaun, ob die Liebe noch anhält«, fragte er an einer dritten Tür.
Wenn er gute Auskunft bekam, freute er sich mächtig. Jedenfalls war er sehr beschäftigt. Er war so in seine Entstörungen vertieft, dass er darüber fast den Bären vergessen hätte. So erschrak er richtig, als er am Samstag über den Marktplatz ging und an einem Baumstamm ein Plakat

sah. Auf dem Plakat war der Bär zu sehen. Er hatte einen Schleierhut auf und allerhand Klunker an den Ohren und Lidschatten über den Kulleraugen und eine Perlenkette um den Hals. Quer über dem Busen vom Bären stand:
Unsere Kandidatin für den Gemeinderat spricht zu Ihnen am Sonntag um 11 Uhr auf der Festwiese!
Der Hund vergaß im Nu alle Entstörungen, die er sich für diesen Tag vorgenommen hatte. »Ich muss dem Wahnsinn Einhalt gebieten«, rief er, lief zum Postamt und füllte ein Telegrammformular aus:
KEHRE HEIM STOPP ALLE BRÜDER UND SCHWESTERN SCHWER ERKRANKT STOPP, schrieb er. Er wusste, dass der Bär seine Geschwister sehr lieb hatte, und dachte: Wenn er das liest, reist er ab und lässt die Frauenpolitik den Frauen.
Das Postfräulein las die Telegrammadresse und sagte: »Das ist ja gleich um die Ecke. Warum gehen Sie nicht selbst hin?«
Der Hund log: »Weil ich nicht gern traurige Sachen ausrichte.«
Das sah das Postfräulein ein. »In einer Stunde«, sagte es, »wird das Telegramm ankommen.«
Der Hund wartete, hinter seiner Zeitung, vor dem Bärenhaus. Er sah den Bären im Zimmer sitzen, zusammen mit einer Henne, einer Sau, einem Schaf und einer blonden Frau.

Die gestreifte Ziege sah der Hund auch. Sie stand hinter ihrem Fenster und hatte den Feldstecher vor den Augen. Ob sie ihn oder das Bärenfenster im Visier hatte, war dem Hund nicht klar. Genau wie das Postfräulein gesagt hatte – nach einer Stunde kam der Telegrammbote und ging ins Bärenhaus und gab dem Bären das Telegramm. Der Bär riss es auf, las und rief: »Das ist eine Finte! Man will meine morgige Rede verhindern! Meine Familie weiß ja gar nicht, dass ich hierorts lebe!« Und die Henne schaute das Telegramm auch an und gackerte: »Genau! Es ist hier im Ort aufgegeben! So eine Hinterhältigkeit!«
Der Hund wurde nur selten ordinär, doch nun fluchte er: »Himmel, Arsch und Zwirn!« Er war bitter enttäuscht, dass der Trick nicht gewirkt hatte. Niedergeschlagen ging er heim und legte sich ins Bett. Vielleicht, dachte er, kommt mir morgen früh eine Idee.
Diese Hoffnung erfüllte sich nicht. Der Hund wachte genauso ratlos auf, wie er eingeschlafen war. Und leider zu spät. Halb zehn war es. Jetzt hilft kein Trick mehr, dachte er, jetzt hilft nur noch: Ins-Gewissen-Reden! Ohne Frühstück raste er aus dem Haus, zum Bärenhaus hin. Doch die Bärentür war versperrt. Verzweifelt rüttelte der Hund an der Tür. Da ging ein Rie-

sengezeter los. »He, Sie«, kreischte die Ziege von gegenüber. »Was treiben Sie sich da dauernd herum. Ich rufe gleich die Polizei!«
Wie ein geölter Blitz wetzte der Hund ab. Die Polizei hätte ihm gerade noch gefehlt! Quer durch den Ort flitzte er und hielt erst auf der Landstraße an, als er stechende Atemnot bekam.
Verzagt und keuchend hockte er sich am Rand einer Wiese unter einen Vogelbeerbaum.
Als eine dicke Wolke am Himmel aufzog, schöpfte der Hund wieder Hoffnung. Wenn es regnet, fallen nämlich Versammlungen unter freiem Himmel ins Wasser! Der Hund redete der Wolke gut zu. »Vermehre dich, liebe Wolke«, sprach er zum Himmel hinauf. »Werde groß und größer und grau und grauer. Gewittere, schütte, prassle hernieder!«
Die Wolke scherte sich nicht um den Hund. Sie zog weiter und der Himmel war wieder blau. Traurig schaute der Hund der Wolke nach, wie sie am Horizont, hinter den Dächern des Ortes, verschwand.
Und da sah er, vom Ort her, zwei Autos herankommen. Eins war ein Lastwagen, eins war das Auto vom Bären.
Die beiden Autos hielten, kaum zehn Schritte vom Hund entfernt. Der Hund verkroch sich in ein Gebüsch.

Aus dem Bärenauto kletterten der Bär, die Henne, die Sau, das Schaf und die blonde Frau. Aus dem Lastauto sprangen drei Hündinnen, vier Katzen und fünf Ziegen. Sie machten die Türen vom Lastauto auf und räumten ein Rednerpult heraus und holten Kabel aus dem Wagen und einen großen Tisch und etliche kleine Tische und Stühle. Sie schleppten das Rednerpult in die Mitte der Wiese, legten die Kabel aus und machten ein Mikro am Pult fest. Sie taten ein Leintuch über den großen Tisch und nagelten ein Schild an den Tisch.
Buffet stand darauf.
»Mir scheint«, murmelte der Hund, »mich hat's auf die Festwiese verschlagen.
Viertel vor elf war alles fix und fertig. Das Pult war mit Tannengrün und rosa-orangefarbenem Stoff geputzt, das Buffet bog sich unter lauter Saftflaschen und belegten Broten. Quer über die Wiese waren Schnüre gespannt, an denen flatterten rosa-orangefarbene Wimpel.
Kleine Informationsstände gab es auch. Dort gab es Flugblätter mit Bärenfotos. Und rosa Kappen mit der Aufschrift *»Wählt die Bärin«*. Und Buttons mit Bärenköpfen. Und Kugelschreiber mit Bärentatzen.
Um elf füllte sich die Wiese. Es schien, als wolle der ganze Ort hören, was die Bärin zu sagen

hatte. Um Viertel nach elf war die Wiese gerammelt voll. Der Hund wagte, sich unters Volk zu mischen. Eine Damenkapelle spielte mit Pauken und Trompeten flotte Weisen. Um halb zwölf sprang die Sau aufs Rednerpult und rief: »Bürgerinnen und Bürger, wir danken für das zahlreiche Erscheinen und präsentieren nun unsere Spitzenkandidatin, die Bärin.«

Die Leute klatschten. Der Bär, flankiert von Henne und Schaf, schritt zum Rednerpult. Die Damenkapelle spielte einen Tusch, hundert Luftballons mit Bärengesichtern schwebten dem Himmel zu, rosa und orangefarbene Fähnchen wurden geschwenkt, der Bär rief ins Mikro: »Wir Frauen haben lange genug zugeschaut, wie die Männer alles kaputtmachen, jetzt wollen wir endlich ans Ruder und alles besser machen. Frauen, wählt Frauen!«

Weiter kam der Bär nicht, denn plötzlich stand die gestreifte Ziege (vom Haus gegenüber) bei ihm, riss das Mikro an sich und brüllte: »Er ist ein Schwindler! Ich habe ihn beobachtet!« Sie griff dem Bären in die Bluse und holte einen Wollbusen heraus. Sie hielt den Wollbusen hoch und schrie: »Er ist ein Mann, ein Mann ist er!«

Der Hund sah keinen Grund, das üble Spiel länger seinen Lauf nehmen zu lassen. Er wusste ja aus seinem Traum, wie es weitergehen würde.

FRAUEN ANS RUDER!

Der Hund sprang mit einem gewaltigen Satz zum Rednerpult, packte den Bären, warf ihn über die Schultern und flitzte zum Bärenauto. Er stopfte den Bären auf den Rücksitz, warf sich hinters Lenkrad und brauste los.
»Frechheit, Gemeinheit, Sauerei, Betrug, Hinterhalt«, hörte er die Leute brüllen und stieg aufs Gas. Als ob zehn Höllenhunde hinter ihm her wären, fuhr er, und wenn er zu einer Wegkreuzung kam und die Wahl zwischen zwei Straßen hatte, nahm er immer die schmalere. Er wollte weg aus bewohnten Gegenden.
Der Bär saß hinten im Auto, heulte Rotz und Wasser und schluchzte: »Es wäre aber so schön gewesen, so schön wäre es aber gewesen!«
Gegen Abend hielt der Hund an und drehte sich zum Bären.
Der Bär schluchzte: »Wer sind Sie denn überhaupt?«
»Wer werd ich schon sein, du alter Depp?«, rief der Hund. Er nahm die Brille ab und zog das Kissen aus dem Overall.
Der Bär starrte ihn an.
Der Hund sagte: »Weil ich nämlich alles für dich tue!« Da fiel ihm der Bär um den Hals und heulte ihm den Bauch waschelnass.
»Aber, aber«, sagte der Hund und tätschelte dem Bären den Rücken.

»Meine Politik wäre wirklich gut gewesen«, schluchzte der Bär.
»Aber, aber«, sagte der Hund und gab dem Bären ein Taschentuch.
»Echt wie eine Frau habe ich schon gefühlt«, schluchzte der Bär.
»Das kannst ja ruhig weiter so halten«, sagte der Hund. »Aber jetzt will ich heim. Bis auf weiteres habe ich genug von der großen Welt.«
»Dein Haus gehört dem Esel«, schluchzte der Bär.
»Der Esel ist ewig unzufrieden«, sagte der Hund. »Der mag mein Haus sicher gar nimmer. Wetten, dass ich es um den halben Preis zurückkaufe?«
»Und wohin gehe ich?«, schluchzte der Bär.
»Mit mir«, sagte der Hund. Er fuhr weiter. »Du bist mein Freund auf ewig. Weißt du das nicht?«
»Doch«, sagte der Bär und wischte sich zwei allerletzte Tränen aus den Augen.
Der Hund brauste der Heimat zu und pfiff seine neun Lieblingslieder.
Erst als die Kirchturmspitze seines Heimatdorfes hinter den Hügeln auftauchte, hörte er zu pfeifen auf.
»Als Erstes werde ich den Zaun streichen und neue Gardinen nähen«, sagte er.

»Und ich steche die Beete um«, sagte der Bär. »Oder haben wir keine Beete?«
»Wir haben welche«, antwortete der Hund. »Wir haben alles, was wir brauchen!« Und dann sagte er noch: »Man versäumt doch allerhand, wenn man nie in die weite Welt geht. Aber man versäumt auch allerhand, wenn man nicht daheim ist.«